罷免家老 世直し帖 1

傘張り剣客

瓜生颯

二見

目次

罷免《ひめん》家老 世直し帖 1——傘張り剣客

第一章　傘張り剣客

一

「さあ、もうひと踏ん張りだ」

　来栖左膳《くるすさぜん》は両手をこすり合わせた。

　神田佐久間町《かんださくまちょう》、敷地二百坪の屋敷内には母屋《おもや》、物置の他に傘張り小屋がある。その名の通り、傘張りに勤《いそ》しむための小屋だ。

　板葺《ぶ》き屋根、中は小上がりになった二十畳敷が広がっている。戸口を除く三方に格《こう》子窓《しまど》が設けられ、風通しを良くしていた。

　水無月《みなづき》一日、本格的な夏の到来とあって風が通らないと作業に支障をきたす。畳敷きには数多《あまた》の傘骨《かさほね》が転がっている。

江戸時代以前は、頭に被《かぶ》る笠《かさ》と蓑《みの》で雨を凌《しの》いでいたが、江戸時代になってから傘を差す習慣が広まった。当初は高級品で庶民の手には届かなかったが時代を経るに従って値段が下がる。更に使い古された傘の油紙を剥《は》がし、骨を削って新しい油紙に張り替える、張替傘《はりかえ》が出回るようになって庶民の日常品となった。

左膳のような浪人に限らず、台所事情の苦しい武士たちで傘張りを内職とする者は珍しくない。

左膳の張る傘は評判がよく、注文が途切れることはない。連日傘問屋から油紙の破れた古傘が届けられていた。

来栖左膳、五十を過ぎた初老ながら髪は光沢を放ち肌艶《はだつや》もいい。浅黒く日焼けした面差《おもざ》しは苦《にが》み走った男前、紺地無紋の小袖の上からもわかるがっしりとした身体つきだ。糊《のり》の付いた刷毛《はけ》を使う手はごつごつとしており、刀を持った方がぴったりとくる。

左膳は昨文政《ぶんせい》二年（一八一九）の卯月《うづき》までは出羽国鶴岡藩《でわのくにつるおかはん》八万石大峰能登守宗里《おおみねのとのかみむねさと》の江戸家老を務めていた。宗里は昨年の正月、家督を継いで新藩主となったのだが、身《み》贔屓《びいき》がひどくお気に入りの家臣を登用し、耳障《ざわ》りな意見を具申《ぐしん》する者を遠ざけた。家中《かちゅう》に不満の声が高まり、左膳は諫言《かんげん》をした。結果、宗里に江戸家老職を罷免《ひめん》される。宗里は、家中に留まることは許すと恩着せがましく言ったが、左膳はそれを良しとせず、大峰家を去った。

以来、江戸藩邸に出入りしていた傘問屋鈿女屋《うずめや》の世話で神田佐久間町の一軒家に傘張りを生業《なりわい》として、息子兵部《ひょうぶ》、娘美鈴《みすず》と暮らしている。妻照江《てるえ》は三年前、病で亡くしていた。

「父上、一休みなさったらいかがですか」

美鈴がお盆に冷たい麦湯を乗せて持って来た。十八歳の娘盛り、薄紅の小袖がよく似合う。瓜実顔《うりざねがお》は目鼻立ちが整い、武家の娘と相まってとっつきにくそうだが、明朗で気さくな人柄ゆえ、近所の女房たちとも親しんでいる。女房たちは人柄ばかりか美鈴の学識に感心し、子供たちに手習いを習わせていた。美鈴も子供好きとあって、手習いの指導ばかりか、一緒に遊んでもいた。

左膳は麦湯を飲み、立ち上がると大きく伸びをした。

開け放たれた戸口から庭が見通せる。

百日紅《さるすべり》が紅色の花を咲かせ、庭一面に傘が広げられている。新しい油紙を張り、その上から刷毛で薄く油を塗るため、乾燥させているのだ。

浅黄色、紅、紫、紺など、彩り豊かな傘は炎天下に花が咲き誇っているようだ。界隈《かいわい》では傘張り屋敷、左膳は傘張り先生と呼ばれていた。

蟬《せみ》の鳴き声すらも見事な出来の傘を賞賛しているようだ。張替傘の出来に満足していると、木戸から中年の侍が入って来た。この暑いのに小袖、袴に黒紋付を重ねている。

侍は左膳を見て丁寧に腰を折った。左膳は侍を傘張り小屋の中に迎えた。侍は川上《かわかみ》庄右衛門《しょうえもん》、大峰家の家臣である。

「御家老」

畏《かしこ》まった顔で川上庄右衛門は両手をついた。

左膳は糊の付いた刷毛を置き、

「御家老はやめてくれ。わしは大峰家中を首になったのだ」

と、渋い顔を返す。

「なんの、拙者《せっしゃ》には、来栖左膳さまが今も江戸家老です……いいえ、拙者だけではありませぬ。来栖さまを慕い、帰参《きさん》を願う者は少なくございませぬ」

顔を真っ赤にして庄右衛門は言い立てた。

「気持ちはありがたいが、わしはもう大峰家とは無縁の男ぞ」

「それはわかっております。ですから、我らは帰参を願っておるのです」

両目を大きく見開いて庄右衛門は繰り返した。

「わしのことは忘れろ。秋月殿《あきづき》を盛り立てるのじゃ」

秋月とは秋月陣十郎《じんじゅうろう》、左膳の後任の江戸家老である。

「昼月《ひるづき》さま……ですか」

庄右衛門が失笑を漏らしたように、秋月は頼りないと、家中で評判の上、七十過ぎの老齢である。三月《みつき》前の弥生《やよい》一日、藩主大峰能登守宗里に隠居を願い出た際に遺留され、空席となっていた江戸家老に任じられた。勘定方《かんじょうがた》一筋、江戸藩邸の勘定奉行を二十年務めた能吏《のうり》である。

重臣の会合においては自ら発言することはなく、あまりの存在の薄さに中秋《ちゅうしゅう》の名月とは大違い、昼間の月のようだと、「昼月さま」と陰口が叩かれている。

「秋月殿を侮《あなど》るな。あの御仁《ごじん》は家中の隅々まで……そう、茶碗の数、奉公人一人一人の手当まで把握しておられるのだぞ」

左膳が庇《かば》い立てをすると、

「それは承知しておりますが、ここ数年呆《ほう》けておられますぞ。御家老も御存じでございましょう。御家の帳簿に穴が空いておった件……もっとも、あれは呆けていたのではなく、わかっていてうやむやに処置した、と見る向きもございますが」

ここ三年に亘《わた》り大峰家の勘定が合わなくなった。年間、三百両から五百両という使途不明金が計上されてきた。秋月は責任を取り、自らの禄《ろく》を減じた。千石の禄が五百石にまで減封《げんぽう》となったのだが、江戸家老に就任したことで千石に復帰した。

家中では様々な噂が飛び交った。その中でありそうなものは、大殿白雲斎《おおとのはくうんさい》か殿宗里の遊興が過ぎ、それをうやむやとするため、秋月は使途不明扱いとし、勘定奉行として責任を取る形で済ませた。

この功に報いるため、宗里は秋月を勘定奉行のまま江戸家老に任じた。

「殿が昼月さまを江戸家老に据《す》えたのは、家中の勘定を含め、政《まつりごと》を好き勝手に回したいからです。ご自分に追従《ついしょう》する者を役職に就け、耳に痛い意見を申し立てる者は遠ざける……御家老が諫言してくださったのに、一向に改めてくださらぬのですから……」

宗里への鬱憤《うっぷん》を晴らすかのように庄右衛門は言い立てた。今更、離れた御家について愚痴《ぐち》を聞かされてもどうしようもない。自分の諫言は全くの無駄だったようだ。虚《むな》しくはあるが、悔いはない。一年前、諫言しなかったとしても、遠からず宗里とは対立しただろう。藩主といさかいを起こすのは御家を去ることを意味する。

諫言の場が思い出され、苦いものがこみ上げてきた。

「すまぬが、傘張りを急ぐのでな」

話を打ち切ろうと左膳は告げた。

庄右衛門は一礼してから、

「あ、いや、これは失礼しました。肝心の用向きがまだなのです」

と、慌てて言い添えた。

「なんじゃ」

思わず渋面《じゅうめん》を作った。

庄右衛門はぺこぺこと頭を下げてから、

「大殿、白雲斎さまは憂《うれ》いておられます」

と、勿体《もったい》ぶったようにごほんと空咳《からせき》をした。大殿こと宗長《むねなが》は昨年、還暦《かんれき》を機に隠居し、白雲斎と号して根津《ねづ》にある中《なか》屋敷に住んでいる。

左膳は無表情で見返す。

「殿のお命を狙う者がおるようなのです。この一月《ひとつき》、殿に宛て、命を奪うという投げ文が上《かみ》屋敷、中屋敷にありました。性質《たち》の悪い悪戯《いたずら》だと殿は一笑に伏されておられますが、大殿は心配なさっておられます。大殿が心配なさっておられるのは、投げ文が行われるようになる前から、殿暗殺の噂が流れておったからなのです。性質の悪い噂だと重臣方は相手にされませんでしたが、投げ文によって冗談では済まされないのではと危機意識が広がっております」

庄右衛門は語り終えるとため息を吐《つ》いた。

「噂の出所《でどころ》は確かめたのか」

左膳の問いに、

「確かめましたがはっきりはわかりませんでした。上屋敷の台所女中が話していたという者もおれば、重臣方の宴席で話題に上ったという者もいて、はっきりとはわかりませぬ」

「噂とはそうしたものだ。それより、殿、あ、いや、最早《もはや》殿とは呼べぬし、呼ぶまい。宗里さま、何故お命を狙われる……ああ、訊くまでもないな。宗里さまは家中で敵の多いお方だ。中にはお命を奪おうという不埒《ふらち》な者がおるやもしれぬ」

「むろん、家中での殿への不満は募《つの》る一方です。それゆえ、家中で投げ文を行った者の探索もしておるのですが、併《あわ》せて大峰家を離れた者の中に暗殺を企《たくら》んでおる者がいそうではないかというのが大殿の読みです」

大殿、白雲斎は幕府老中を務めた切れ者である。幕政ばかりか、大峰家鶴岡藩の藩政においても辣腕《らつわん》を発揮した。財政難に苦しむ大台所を改善すべく、領内の名産紅花《べにばな》の栽培を振興し、鶴岡湊《みなと》を修繕、新田を開墾し、領内を活性化させて名君と評判を取った。

「なるほど、白雲斎さまは鋭いのう。全てお見通しのようだ。いやあ、参った。何を隠そう、このわしが大峰能登守宗里さま暗殺を企んでおるのじゃ」

左膳は自分の顔を指差した。

きょとんと口を半開きにして庄右衛門は左膳を見つめていたが、

「また、ご冗談を……」

と、苦笑した。

次いで笑みを引っ込め、

「御家老、何卒《なにとぞ》、御手助けをくだされ。大殿は申されました。左膳は大峰家を離れた者たちにも人望があり、もし宗里暗殺を企む者がいるとしたら、その企てを阻止してくれる、と期待しておられるのです。その上大殿は、今回のお役目、御家老が成し遂げられましたら、帰参をさせるとお約束くださいましたぞ」

と、庄右衛門は言った。

二

どうですか、好条件でしょう、と庄右衛門の顔に書いてある。

「御免《ごめん》蒙《こうむ》る」

にべもなく左膳は断った。

おやっとなった庄右衛門に言い添えた。

「やせ我慢でも意地を張っておるのでもないぞ。わしはな、今の暮らしが楽しいのだ。御家を離れ、肩の荷が下りた。胃の腑《ふ》も丈夫になり、食が進んでしかたがない」

左膳は庄右衛門が土産《みやげ》に持参した鏡《かがみ》大福《だいふく》をむしゃむしゃと食べ始めた。丸福屋《まるふくや》名物の娘の顔程の大きさの大福をぺろりと平らげた左膳に庄右衛門は感心したように唸《うな》った。

それから、

「申しては何でございますが、御家老はよろしくとも、兵部さまや美鈴さまのことも考えて差し上げてはいかがでしょう」

庄右衛門は真顔で意見を述べ立てた。

「わしも自分の身勝手に二人を巻き添えにしたとは思っておる。しかしな、兵部、美鈴とも、それぞれに今の暮らしに馴染《なじ》んでおるのじゃ」

話は終わったと、左膳は傘張りに戻った。鼻歌混じりに刷毛を動かし、傘の骨に糊を塗ってゆく。

「御家老……」

困ったような顔で庄右衛門は見つめた。

「ぼけっとしておるのなら手伝え」

左膳が声をかけると、

「手伝ったら、願いをお聞き入れくださいますか」

庄右衛門は頬を緩《ゆる》めた。

「引き受けるかどうかは、働き次第だな」

左膳の言葉に期待して、庄右衛門は手伝いを始めた。鋏《はさみ》を使い、見よう見真似で油紙を切り始めたのだが、

「駄目だ、もっと丁寧に……曲がっておるではないか。真っすぐに切れ、気を入れてやらぬか」

左膳の気に入らず、小言《こごと》ばかりを食う羽目《はめ》となった。庄右衛門は羽織を脱ぎ、汗だ

くとなって油紙と格闘した。左膳はその中から気に入った物を選り分けて傘に貼ってゆく。

しかし、気に入らない出来の油紙ばかりとあって、傘の骨に付着した古い油紙を剝がす役目をやらせた。庄右衛門は素直に従って紙剝がしの作業に取り込んだ。

しばらく黙々と傘張りの作業を続けて一段落つくと、

「こんなに無駄になってしまったではないか。手伝っておるのか、邪魔しておるのかわからぬな」

と、左膳は庄右衛門を睨みつける。

庄右衛門は申し訳なさそうに首を垂れた。庄右衛門のしおれた様子に左膳はうなずき、

「まあ、よい。白雲斎さまのご憂慮《ゆうりょ》の件、考えておこう」

「お願い致します」

傘張りから解き放たれた安堵《あんど》と、白雲斎の依頼を左膳が聞き入れてくれそうだという希望で庄右衛門の表情は和《やわ》らいだ。

庄右衛門が帰り、美鈴が入って来た。

「川上さま、思い詰めたような顔でいらっしゃいましたけど、お帰りになる時は晴れ晴れとしておられましたわね」

「照る日も曇る日も雨の日もある。人も同じだな」

左膳は達観《たっかん》めいたことを言った。

夕刻になり、庭で乾燥させた傘をまとめ、傘屋鈿女屋に向かうことにした。

「長助《ちょうすけ》」

と、呼ばわる。

来栖家に二十年に亘《わた》って奉公する年齢不詳の男である。

十本ばかりの傘を風呂敷に包み、長助が右の脇に挟《はさ》んだ。

「いぐだんべ」

鶴岡訛《なま》りで語りかける。

「うむ、行くか」

夜の帳《とばり》が下りたが、長い付き合いの鈿女屋なら、受け入れてくれるだろう。左膳は長助を従え、神田佐久間町の家を出た。

夜風は涼しく、月のない闇夜とあっても、小唄の一つも歌いたくなるような星空だ。加えて花火が夜空を彩っていた。長助は黙々とついてくる。

ふと、

「おまえ、大峰家に戻りたいか」

と、問いかけた。

「おら、大峰さまに奉公してたわけじゃねえ。旦那さまの家で働いていただ」

長助はけろっとした顔で答えた。

「そうか」

素《そ》っ気《け》なく返しながらも、左膳はこの朴訥《ぼくとつ》な従僕《じゅうぼく》に感謝した。神田川に差しかかり、筋違橋《すじかいばし》を渡ると柳原《やなぎわら》土手を両国《りょうごく》方向へ歩いてゆく。螢《ほたる》が飛びかい、左手に流れる神田川《かんだがわ》の川面《かわも》に花火が映り込んだ。

「おお、美しいのう」

思わず、空を左膳は見上げた。長助も立ち止まる。

すると、目の端に人影が映った。

柳の木陰で侍が数人、こちらを見ている。左膳は素知らぬ顔で花火を愛《め》でた。侍たちは左膳の隙《すき》を窺っているようだ。

「柳が邪魔でよく見えまい。出て来てゆるりと花火見物を致せ」

左膳が声をかけると侍たちはぞろぞろと出て来た。揃って黒覆面《くろふくめん》で顔を隠している。

前ばかりか背後も侍たちが塞《ふさ》いだ。前に二人、後ろにも二人だ。

「いつでも、何処からでもかかって参れ」

左膳が声をかけると、侍たちは抜刀した。

対して左膳は大刀を抜かず、腰を落とした。

敵は斬りかかってこない。お互いの様子を探り、譲り合っている。

「長助！」

叫ぶと同時に長助は抱えていた傘を開いて空に放り投げた。傘は宙で椿《つばき》が紅い花を咲かせたように舞い、次いでひらひらと落ちてくる。

思わず侍たちは見上げた。

左膳は傘の柄を摑むと素早く閉じ、背後に立つ二人の首筋を打ち据えた。彼らは大刀を落とし、悲鳴と共に膝から頽《くずお》れた。

前方の二人が浮足立った。

左膳は傘で二人の籠手《こて》を叩いた。堪《たま》らず、彼らも大刀を落とし、手を振りながら蹲《うずくま》った。

「まだ、一人、おるな」

左膳は暗がりに野太い声を発した。

「てえい！」

大音声《だいおんじょう》と共に黒覆面の侍が斬りかかって来た。大刀を大上段に振りかぶり、左膳に迫る。

左膳は傘の柄を両手で持ち、腰を落とすと力強く突き出した。

天轆轤《ろくろ》が敵の胸を直撃する。

「ああ〜」

情けない悲鳴と共に敵は吹っ飛び、神田川へと落下した。

ざぶんという水音がし、「助けてくれ」という声が聞こえる。

来栖天心流《てんしんりゅう》、「剛直一本突き《ごうちょくいっぽんづ》」が決まった。来栖家に伝わる剣法で、強烈な突き技を称すると同時に左膳の一本気な人柄が重ねられてもいる。

一人を捕まえて左膳は黒覆面を剝がした。

「も、申し訳ございません」

汗だくで詫《わ》びたのは川上庄右衛門だった。

「馬鹿め」

左膳は周囲を見回した。

長助が土手に転がった大刀を拾って持って来た。

「そら」

左膳が受け取り庄右衛門に返してやった。庄右衛門は平身低頭で受け取る。長助には番傘を手渡した。

「宗里さまに命じられたのであろう。暗殺の首謀者《しゅぼうしゃ》は来栖左膳に違いない、左膳の首を挙げよ、とな」

左膳が確かめると庄右衛門はおずおずと語り始めた。

「言い訳ですが、拙者は止めたのです。絶対、御家老ではないと……本当に反対したのです。ですが、殿はお聞き入れにはならず、馬廻り役を刺客《しかく》に差し向けられました。拙者《せっしゃ》、そうはさせじと、止めるつもりでやって来たのです。それが成り行きで御家老に刃を向けてしまい……まこと、拙者は御家老を殺《あや》めるなど金輪際《こんりんざい》……」

額といわず首筋からも汗を滴《したた》らせ詫びる庄右衛門に、

「わかった、もうよい」

左膳は声をかけた。

庄右衛門は顔を上げ、

「川上庄右衛門、この者たちの不始末も含め、七重《ななえ》の膝を八重《やえ》に折り、お詫び申し上げます」

と、改めて両手をつき額を土手にこすりつけた。

「わかったと、申しておろう」

右手をひらひらと振り、左膳は立つよう促した。

神田川に落ちた男が悲鳴を上げた。

「誰か、助けてやれ」

左膳が声をかけると何人かが川に飛び込んだ。

「宗里さまにしかと申せ。暗殺を企てておるのはわしではない、疑いが解けぬのなら、もっと腕の立つ者たちを差し向けられよ、となし

左膳の言葉に庄右衛門は承知しましたと首を縦に振った。

「くどいようですが、拙者、来栖左膳さまに限ってそのような悪企みをなさるはずがない、と強く申し上げたのです。ですが殿は……」

庄右衛門は堰《せき》を切ったように語った。

「宗里さまは、その限ってがいかぬのじゃ、と、おっしゃったのだろう」

左膳は苦笑を漏らした。

「よく、おわかりでございますな。一言一句、しかも口調の抑揚《よくよう》も違《たが》えず、その通りでござります」

妙な感心をして庄右衛門は認めた。

「もっとも宗里さまのことじゃ、わしが違うと否定したとて信用なさるまいがな。ともかく、わしではない」

左膳は繰り返してから、我ながらくどくなったと自分を責めた。

「よくわかりました」

庄右衛門は闇に向かって、

「おい」

と、声をかけた。

ぞろぞろと、侍たちがやって来た。みな、左膳を闇討ちにしようとしたことを詫び、両手をついた。

「それより、羽黒組《はぐろぐみ》はどうした。羽黒組に探らせればよかろう」

左膳は言った。

羽黒組とは鶴岡藩大峰家、累代《るいだい》の忍びである。出羽三山《さんざん》の一つ羽黒山は古《いにしえ》より修《しゅ》験道《げんどう》の聖地、羽黒組も修験道を学び、修験者との繋《つな》がりを活用して忍び働きをしてきた。

戦国の世には上杉《うえすぎ》の忍び「軒猿《のきざる》」と競う程の忍び集団であった。このため、出羽から越後《えちご》、越中《えっちゅう》、能登《のと》、加賀《かが》に勢力を伸ばした大名たちに雇われていた。特定の大名に仕えることはなく、銭で雇われて諜報《ちょうほう》活動に従事した。上杉と織田《おだ》が対立し始めると、羽黒組は織田の北陸方面大将だった柴田勝家《しばたかついえ》に雇われる。勝家が上杉の勢力を能登、越中から駆逐《くちく》し、越後に押し戻すことに貢献した。

この働きは高く評価され、徳川の世となり、大峰家が入封《にゅうほう》し、泰平の御代《みよ》となっても生き残ることに繋がる。忍びの役目はなくなってしまっても、累代に亘《わた》って大峰家に仕えるに至る。

二代藩主、宗高《むねたか》が老中を務めたのをきっかけに、羽黒組の中で特に優れた者を選抜し、幕府に召し抱えた。伊賀《いが》組、甲賀《こうか》組と共に江戸城の警固を行い、島原《しまばら》の乱、由比《ゆい》正雪《しょうせつ》の乱に当たっては諜報活動もした。

が、その後、八代将軍吉宗《よしむね》の御代となり、吉宗が紀州《きしゅう》から連れてきた御庭番《おにわばん》が幕府の諜報活動を担うようになり、忍びの役目を事実上終える。

国許に残った羽黒組は鶴岡城に、江戸に出て来た者たちは江戸藩邸にあって、忍びの術を武芸の一環として教える役目を任されてきた。

左膳はそんな羽黒組を束ねていた。

白雲斎こと宗長は二代藩主宗高以来の老中となった。老中職を全うするため、左膳に羽黒組を活用したいと申し入れる。公儀《こうぎ》御庭番とは別に、全国の大名の動き、京都、大坂、長崎などの重要直轄《ちょっかつ》都市の情勢を羽黒組の諜報活動によって把握したいと願ったのだ。

左膳は受け入れ、自ら武芸鍛錬を施したばかりか、国許に送った。国許では、羽黒山に棲む草薙法眼《くさなぎほうげん》という修験者にして武芸者の下《もと》で修行させた。肉体と精神が鍛えられ、忍びとして一人前になった者を左膳は使い、諜報活動に従事させたのである。

また、江戸藩邸詰めの羽黒組の面々には傘張りも奨励《しょうれい》した。羽黒組に属する者は家禄の低い下士《かし》ばかりのため、平時、諜報活動に当たっていなくても暮らしの助けになるようにという左膳の配慮だ。

白雲斎は羽黒組から得た情報を平穏のために使った。大名家で御家騒動が勃発《ぼっぱつ》しそうだと探知すると、評定所で詮議《せんぎ》し、厳しい処罰を下すのではなく、幕府が介入する前に争いの火種を取り除くような動きをした。騒動を表沙汰《おもてざた》にせず、密かに解決に導いた。このため、白雲斎に感謝する大名家は多い。

白雲斎が名老中と評判を取った実績に貢献した羽黒組であれば、宗里暗殺の真相を探り当てられるだろう。

「それが、御家老が御家を去り、殿は羽黒組を遠ざけられました。忍びに秀《ひい》でた者は国許に帰してしまわれたのです。残る羽黒組も殿の指図は受けたがりませぬ」

庄右衛門は嘆いた。

「ならば、残る羽黒組を国許の草薙法眼殿に預けよ。宗里さま暗殺の探索ばかりか、今後御家の役に立つぞ」

左膳に言われたが庄右衛門は浮かない顔で、

「拙者もそう思い、草薙殿に使者を送ったのです……ですが、草薙殿は羽黒山を去ったとのことで……」

「そうか……それは残念だな。草薙殿はいくつになられたかのう……二十年前、わしが学んだ折は古希《こき》、齢《よわい》七十であられたゆえ、もう九十か」

感心し、左膳はうなずいた。

「羽黒山の仙人《せんにん》、国許では羽黒仙人と称されておられるとか」

「して、羽黒仙人、何処《いずこ》へ行かれたのだ」

「行方はわかりませぬ。ただ、お一人、若い侍を連れて旅立たれたとか」

庄右衛門は首を左右に振った。

「若い侍……鶴岡藩、大峰家の者か」

気になり左膳は問いかけた。

「鶴岡城に問い合わせましたところ、御家を去った者はいないとのことでした」

「されど侍であったのだろう……」

「草薙殿の盛名《せいめい》を聞いて弟子入りした他藩の者かもしれませぬ」

「そうかもな」

答えたものの、左膳の胸には何故かわだかまりが残った。

「仙人ゆえ霞《かすみ》を食べても生きられるか……弟子を連れ、全国の修験道の聖地を巡っておられるかもしれぬな」

しばらくぶりに草薙法眼に会いたくなった。

羽黒仙人、腕は衰えてはいまい。

「そんな有様ですから、どうか、御家老、殿暗殺の企みを暴き立ててくださりませ」

庄右衛門は同僚を促し、みな、土手の上でお願いします、と頼み込んだ。

またも、柳の木陰で人影が蠢《うごめ》いた。

が、今度は殺気《さっき》とは無縁、夜風に濃厚な白粉《おしろい》の香が混じっている。花火に照らされたのは女たちだ。黒の木綿小袖、白の桟留《サントメ》の帯を締め、頭から被った手拭を口に咥《くわ》えている。脇には茣蓙《ござ》を抱えていた。

夜鷹《よたか》である。

これから春をひさごうと出没を始めたところだ。柳原土手は夜鷹の稼ぎ場所として知られている。

「見物人も出て来たぞ。みっともない真似はやめろ」

立てと左膳は促し、庄右衛門らを立たせた。

「今夜のところは帰れ」

左膳が強く言うと庄右衛門は名残惜《なごり》しそうにしばらく佇んでいたが、頭を下げると馬廻り役たちを引き連れそそくさと去っていった。花火が打ち上がる音に、くしゃみが混じった。神田川に落ちた者も無事のようだ。

「長助、行くぞ」

長助に声をかけ左膳は歩を進めた。

夜鷹が何人か、遊んでいかないかと声をかけてきたが、やんわりと断り、

「みなで、蕎麦《そば》でも食べてくれ」

一人に一朱金《いっしゅきん》を渡した。

夜鷹は声を上げて礼を言った。

三

神田を過ぎ、日本橋の町並みを進み本石町《ほんこくちょう》の時の鐘を過ぎ、照降町《てりふりちょう》に至った。照降町とは通称で、小舟町《こぶなちょう》が町名だ。この界隈には雨傘屋や履物屋が軒を連ねている。履物屋は晴れの日を喜び、傘屋は雨の日を喜ぶ町ということで照降町と称されている。

そんな照降町にあって鈿女屋は一番大きな雨傘屋である。屋根看板には鈿女屋の屋号と天鈿女命《あめのうずめのみこと》の絵が描かれていた。

既に雨戸が閉じられているが、長助が戸を叩くと、潜り戸が開き、中に入った。

「どうも、お疲れさまでございます」

主人の次郎右衛門《じろうえもん》が揉《も》み手をして迎えてくれた。

「遅くなったな」

左膳が詫びると、

「とんでもございません」

次郎右衛門は下にも置かない態度で礼を述べ立てる。左膳の張る番傘が、いかに需要があるのかを言葉を尽くして褒め称えた。

長助が風呂敷包を拡げた。

「いつもながら、見事な張り具合でござります」

うっとりと次郎右衛門は傘に見入った。

「世辞《せじ》はよい」

言いながらも満更《まんざら》でもない気持ちに浸った。物を造る努力と、誉められた時の喜びを味わうと、来世は職人に生まれたくなる。

庄右衛門たちを撃退するのに使った傘は、出来が悪いから張り直すと引き取ろうとしたが、次郎右衛門はこれで十分ですと受け取った。

「いやあ、まこと、来栖さまの傘は評判がよくて」

次郎右衛門は盛んに持ち上げる。

さすがにあまりの誉めように辟易《へきえき》としてしまった。

すると、次郎右衛門は改まったような顔をして、

「ほんの気持ちですが」

と、手間賃の上乗せと客間にささやかな食事を用意してあると言い添えた。長助にも一緒にどうかと誘ったが、

「おら、ええだ」

と、ぶっきらぼうな言葉で遠慮した。

それならと、次郎右衛門は長助のために弁当を用意させた。大したもてなしようである。何かあるなと勘繰《かんぐ》りたくもなった。

「さあ、どうぞ」

次郎右衛門に導かれ、客間に入った。

既に膳と酒が調《ととの》えられている。

「御家老さま」

次郎右衛門は蒔絵《まきえ》銚子《ちょうし》を持ち上げた。

「おまえまで家老呼ばわりか、それはもうよしてくれと、再三申しておるぞ」

不機嫌に言いながら左膳は杯で受けた。

膳には、鯛の塩焼き、雉《きじ》焼き、鶴の吸い物など御馳走が並んでいる。いずれも、漆《うるし》塗《ぬ》りの華麗な器に盛り付けてあるが、食膳にあって瀬戸物の丼がある。不似合いな器にはおからがあった。

それを見て左膳は笑みをこぼし、機嫌を直した。おからは何よりも好物である。老中を輩出《はいしゅつ》する譜代《ふだい》名門大名家の家老であったとは思えない庶民の味を左膳は好む。

鯛や雉には目もくれず、左膳はおからを夢中になって食べ始めた。

一息《ひといき》に丼の半分程も食べてから、

「次郎右衛門、何だ。企みは……」

と、問いかけた。

「また、企みなどと、人聞きの悪い……」

次郎右衛門は頭を下げ、笑い声を上げた。

「おかしくはないぞ」

真顔で左膳は釘を刺した。

「いや、そうでした」

次郎右衛門は正座をして言った。

「実は、梅木《うめき》屋さんから大量の傘の注文が入りましてね」

梅木屋は日本橋の表通りに店を構える老舗の呉服屋である。梅木屋では、突然の雨に備えて店に傘を置いている。傘を持たずに訪れた来客に貸すためだ。その傘には、梅木屋の屋号が記されているため、店としては宣伝にもなるというわけだ。

「その傘を御家老……いや、来栖さまにお願いしたいのです」

「素浪人にはありがたい話だな、何本程必要だ」

「三百本を……」

「いつまでに」

「十日でございます」

　次郎右衛門はへへへと笑って無理難題を胡麻化《ごまか》した。

「おいおい、いくらなんでも」

　左膳が渋い顔を返すと、

「置き傘ですから、普段のようなご立派なものではなくともいいんですよ。それに、古傘ではございませんので、骨から油紙を剝がしたり、骨を削る手間はございません。ただ、丈夫なもんじゃないといけません。すぐに破れたり、油紙が骨から剝がれてしまうようなやわな物じゃいけないんです。それで、来栖さまにお願いしたいと、梅木屋さんもたってのご指名なんですよ」

　次郎右衛門は梅木屋の要望だと強く言い添えた。

「わしを買ってくれたのはうれしいが、しかし、十日で三百本はな……」

　左膳は躊躇《ちゅうちょ》した。

　それを、

「勝手ながら、お手伝いを用意致しますので」

「手伝いとは」

左膳が訊くと、

「町田《まちだ》さまです」

「町田征四郎《せいしろう》か」

左膳は目をしばたたいた。

町田征四郎は大峰家の羽黒組に属していた。しかし、二年前、まだ家督を継ぐ前の宗里に嫌われ、御家を去った。剣の腕が立つゆえ、宗里の兵法指南役《へいほうしなんやく》に就任したのだが、遠慮会釈のない指導ぶりが宗里の不興《ふきょう》を買ったのである。武芸の腕もさることながら、羽黒組にあって傘張りの腕も一、二を争っていた。それだけに、征四郎が大峰家を去ったのは自分の右腕をもがれたような痛みを感じた。

「町田、江戸を離れたと聞いたが」

左膳の問いかけに、

「それが、十日ばかり前のことでござりました」

次郎右衛門は神田の料理屋に出かけた帰り道、追い剝ぎに遭遇したのだそうだ。

「その時、手前を助けてくださったのが、町田さまでした」

町田は剣の腕を発揮し、追い剝ぎをあっという間に撃退してくれたという。

「回国修行《かいこくしゅぎょう》をしてこられたそうです。それで、江戸に戻られて、仕官の口を探しておられるそうで、しばらくは、ゆっくりするとおっしゃってました。それで、手前は小遣い稼ぎになるからと、傘張りの仕事をお頼みしたんですよ。町田さま、傘張りのお仕事もさることながら、来栖さまにお会いできるとあって、快く引き受けてくださいました」

次郎右衛門はうれしそうに言った。

「町田は傘張りの腕は確かだし、生真面目である。心強き援軍となろうな」

左膳も征四郎と再会できる喜びを感じた。

「そうでありましょう。では、早速、町田さまにお話をしまして、来栖さまのお宅を訪ねるよう申し上げますよ」

次郎右衛門は言った。

「わかった。楽しみに待つと致そう」

ふと、宗里暗殺の陰謀が思い浮かんだ。川上庄右衛門によると、白雲斎は大峰浪人を怪しんでいるそうだ。まさか、町田が宗里暗殺を企てているのではあるまい。

取り越し苦労だと自分を諫《いさ》めた左膳を、

「いかがされましたか」

次郎右衛門は訝《いぶか》しんだ。

「いや、何でもない」

左膳は右手をひらひらと振った。

次郎右衛門は、

「それから」

と、話を続け、お酌をしようと蒔絵銚子を持ち上げた。

「なんだ、まだ面倒事があるのか」

左膳が問いかけると、

「美鈴さまの縁談でござります」

次郎右衛門は言った。

「美鈴は当分嫁に行きたくはないと申しておるぞ」

「ですが、いつまでも箱入り娘というわけにはいきませぬでしょう」

「まあ、本人次第だな」

「ならば、良きお相手がないか、気を付けておきます。美鈴さまは評判の美人、来栖さまは真の武士、と評判でござりますので、縁談は降るようにござりますぞ」

「何が真の武士じゃ。主家《しゅか》をしくじった一介《いっかい》の素浪人だぞ」

苦笑を返す左膳に、次郎右衛門は頭《かぶり》を振り、

「とんでもございません。来栖左膳さまは、たとえ殿さまであろうと間違ったことは堂々と諫言なさる今時珍しい一本筋の通ったお方、気骨《きこつ》のある武士だと、それはもう、その名は鳴り響いております」

盛んに左膳を持ち上げた。

「そんな大した者ではない。単に融通《ゆうずう》の利《き》かない男だ」

冷めた口調で左膳は返した。

持ち上げられれば持ち上げられる程、冷めてゆく。

「美鈴さまによろしくお伝えください」

次郎右衛門は頭を下げた。

「わかった。だが、いくら縁談を持ってきても、美鈴が色よい返事をするとは限らぬぞ」

左膳は釘を刺した。

「もちろんでございます」

次郎右衛門は両手をこすり合わせた。

四

左膳が傘張りの最中にあった夕刻、左膳の息子兵部は道場で稽古をしていた。鈿女屋が用意してくれた神田明神下《かんだみようじんした》にある一軒家である。来栖天心流を指南しているのだが、門人はいない。

来栖天心流という江戸では聞きなれない流派であるのもさることながら、兵部の稽古が厳し過ぎるため、せっかく入門しても数日と保《も》たずに辞めてゆくのだ。兵部は狭い場所で威力を発揮する来栖天心流に不満を抱き、大胆に剣を振るう剛剣に取り組んでいる。

道場破りなどもやって来る。大抵《たいてい》の道場が適当な路銀《ろぎん》を渡して帰ってもらうのに、兵部は腕が試せる好機の上、様々な流派の剣を知ることができると歓迎し、遠慮なく打ちのめしてしまう。

こんな融通のなさも道場の門人が増えない原因だった。

今日もがらんとした稽古場で一人、形《かた》の稽古に勤しんでいた。紺の道着に木刀を持ち、正確無比、隙のない動きは一廉《ひとかど》の剣客であった。二十五歳、六尺近い長身は道着の上からもがっしりとした身体つきだとわかる。肩は盛り上がり、胸板は厚く、首は太い。面長《おもなが》で頬骨の張った顔は眼光鋭く、眦《まなじり》を決して稽古に勤しむ姿は、剣を極めようという求道者の如きであった。

すると、

「頼もう」

玄関で声がした。

兵部は木刀の手を止め、玄関に向かった。

道場破りであれば、叩きのめしてやろう。そんな意気込みで玄関に立つ。

深編笠を被った侍が立っている。

身に着けた小袖、裁着《たつっ》け袴《ばかま》は垢《あか》と埃《ほこり》にまみれていた。腰に帯びた大刀は定寸《じょうすん》よりも長めである。

「道場主、来栖兵部殿と手合わせを願いたい」

侍は言った。

「よろしかろう。受けて立つ。貴殿……」

と、兵部は名乗るよう求めた。

「名乗る程の者ではござらぬが、それでは失礼ですな。羽州《うしゅう》浪人、町田征四郎でござる」

征四郎は深編笠を脱いだ。

一瞬にして兵部の頬が緩《ゆる》む。

「おお、征四郎殿……いやあ、久しぶりですな」

「兵部さま、ご健勝そうで何よりです」

征四郎は一礼した。

「さあ、上がられよ」

兵部は手を取らんばかりの勢いで征四郎を玄関に上げた。

「とは申しても、もてなすものとてござらぬが」

兵部は頭を掻いた。

「もてなしてくださるのなら、兵部さま、お手合わせを願います」

征四郎は一礼した。

「望むところ。回国修行の成果を見せて頂こう」

兵部は道場の木刀を征四郎に渡した。征四郎は、刀の下《さ》げ緒《お》で襷《たすき》を掛け、道場の真ん中に立つ。

兵部も木刀を手に征四郎と対峙《たいじ》した。

武者窓から差し込む日輪が二人の影を板敷に引いた。兵部は大上段、征四郎は下段に構えた。

征四郎も大柄だが六尺近い兵部と対峙すると見下ろされている。それでも、臆《おく》せずすり足で間合いを縮める。

「てえい！」

征四郎は木刀を下段から斬り上げた。

長身とは思えぬ敏捷《びんしょう》な動きで兵部は一歩背後に飛び退く。征四郎の木刀は空を切ったが、間髪《かんはつ》容れず上段から斬り下げられる。

今度は兵部が斬り上げ、木刀がぶつかり合った。

次の瞬間、二人は木刀を交差させたまま道場の真ん中で向かい合う。

上背《うわぜい》のある兵部が圧《お》し掛かるような体勢となった。征四郎は腰を落とし、兵部の重圧に耐える。

二人とも頬を紅潮させ、肩で息をした。

二人の激闘に遠慮してか、蟬が鳴き止んだ。水を打ったような静けさの中、二人の息遣いが道場に響く。

せめぎ合いが続き、どちらからともなく飛び下がった。

二人とも正眼《せいがん》に構え直した。

ここで、征四郎が木刀を下げ、笑みを浮かべた。

「兵部さま、お見事です」

征四郎は感心したように何度もうなずいた。兵部は手拭で汗を拭い、

「征四郎殿、随分と腕を上げられましたな」

と、自分も回国修行に出たいと言い添えた。

「よき汗を流しました」

征四郎が礼を言ったところで、

「御免ください」

と、玄関で声がした。

陽気な声で、入門希望者、道場破りとは思えない。訝しみながら兵部は玄関に向かおうとしたが、

「拙者《せっしゃ》です」

と、征四郎が向かった。

首を捻《ひね》る兵部だったが、征四郎は角樽《つのだる》を持って戻って来た。

兵部は相好《そうごう》を崩した。

「ほんの手土産です。そこの酒屋に頼んでおきましたので」

「上方《かみがた》の下《くだ》り酒ではござらぬか。値が張ったでしょう」

兵部は芳醇《ほうじゅん》な香りに鼻先をひくひくとさせながら礼を述べ立てた。

「回国修行で、いささか懐《ふところ》が豊かになっております」

回国修行で訪れた各地の道場でもてなされ、路銀をもらったことを語った。

「では、遠慮なく」

兵部は立ち上がり、台所から茶碗を持って来た。

「こんな器しかござらぬが、我慢してくだされ」

兵部は恥ずかしそうに言った。

「十分でござる」

征四郎は茶碗に角樽から酒を注ぐ。夕陽を受け、清らかに輝く清酒を見ると、兵部は生唾《なまつば》がこみ上げてきた。

「では、兵部さま」

征四郎から茶碗を受け取り、

「遠慮なく」

と、征四郎に向けた。

香りを楽しんだ後、兵部は酒を飲んだ。一口飲むと、口中《こうちゆう》に清酒特有の芳醇な香りが満たされ幸せな気分に浸った。

するともう止まらない。一息に飲み干し、目を細め、小さく息を吐いた。

それを見て、

「兵部さま、相当に酒が切れていましたな」

征四郎は笑った。

「正直、清酒を飲むのはしばらくぶりです」

「御家老に止められておるのですか」

「そうではないが、飲み辛いと申すか……」

道場が軌道に乗らないのに、清酒を飲むのは憚《はばか》られるということだ。

「なるほど」

征四郎はおかしそうに笑った。

「そうだ、何か肴《さかな》を」

兵部は立ち上がった。

「お気遣い無用ですぞ。拙者、指を舐《な》めても五合はいけます。兵部さまも同じでござりましょう」

征四郎に言われ、

「だが、何もないのも寂しい」

兵部は再び、台所に向かった。久しぶりの剣友との邂逅《かいこう》とそれを彩る美酒により、兵部の気持ちは昂《たかぶ》った。

肴を探したが、味噌くらいしかない。皿に味噌を盛り、道場に戻った。

「こんなものしかなかった」

恥じ入るように兵部は言った。

「十分です」

征四郎は受け入れ、味噌を肴に酒を酌み交わした。征四郎は回国修行先の話を面白おかしく語った。

兵部は声を上げて笑った。

「ところで、兵部さま。実は錮女屋の仲立ちで御家老を手伝うことになりました。明日にもお訪ねしようと存じます」

「父を手伝うとは、傘張りか……」

兵部はきょとんとした。

「仕官の口を探すつもりですが、そうそう都合よく召し抱えてくださる御家は見つからないでしょう。暇《ひま》を持て余すのも何ですから、御家老のお手伝いをしようと思い立ちました」

征四郎は言った。

「征四郎殿程の剣客《けんかく》、仕官の口はいくらもあろう。傘張りなどせず、わが道場を……」

手伝ってくれと言いたかったが、この有様では勧めることもできず、兵部は口を閉ざした。

「兵部さまは、ご不満でしょうな。傘張りなんぞ、武士のすることではない、と、大峰家におられた時からおっしゃっておられましたから」

「父への反発もあって、そんなことを申した。じゃが、この有様では征四郎殿を引き留めることはできぬ。まあ、一つ、父を助けてやってくだされ」

兵部は頭を下げた。

「いや、こちらこそ、お世話になります」

征四郎も礼を返した。

「しかし、征四郎殿を失ったのは、つくづく大峰家の損失ですな」

「何を申されます。それを申されるなら、御家老と兵部さまが御家を離れたのが、遥《はる》かな損失です。殿はあのご気性、身贔屓が過ぎては、この先の大峰家が思いやられます。あ、いや、大峰家と無縁の拙者が言っても仕方のないことでござりますが」

征四郎は失笑を漏らした。

「確かに」

兵部も複雑な顔つきとなった。

「御家では御家老の帰参を望む声が上がっておるそうですぞ」

という征四郎に、

「たとえ、そのような声が上がったとて宗里さまは聞く耳を持たれまい。父にしても、おめおめと帰参することを良しとせぬだろう」

兵部は返した。

「確かに」

征四郎が納得すると、

「それより、飲みましょうぞ」

兵部が言い征四郎も笑顔になった。

そこへ、美鈴がやって来た。

「夕餉《ゆうげ》が調いました……」

兵部に声をかけてから征四郎に気づき、口を半開きにした。

「おお、美鈴さま」

征四郎は酒の入った茶碗を置き、威儀《いぎ》を正した。

「町田さま、しばらくでござります」

美鈴も正座をして挨拶をした。

「しばらく、お見かけせぬ間に、益々お美しくなられましたな」

てらいもなく征四郎は美鈴を褒め上げた。

美鈴は面《おもて》を伏せ、

「おからかいになって……町田さま、お口が上手《じょうず》になられましたな」

「拙者、世辞愛嬌《あいきょう》の類《たぐい》は至って不得手、よって宗里さまの兵法指南役をしくじり、御家を首になりました……」

征四郎は頭を搔いた。

「そうだ、征四郎殿は意固地《いこじ》だ……っと、おれも他人のことは言えぬな。融通《ゆうずう》が利かぬゆえ、道場もこの有様だ」

兵部が失笑すると、

「父上は輪をかけて意固地、一徹者《いってつもの》ですよ」

おかしそうに美鈴は笑った。

兵部は、「違いない」と首肯《しゆこう》し、

「征四郎殿、一緒に飯を食わぬか。大した物はないがな」

と、誘うと、

「是非、ご一緒にいかがですか」

美鈴も征四郎に声をかけた。

征四郎は感謝しつつも、今日は遠慮致しますと、一礼し立ち去った。

去り行く征四郎の背中を美鈴は寂しげな目で見送った。

五

鈿女屋に傘を納入したあくる二日の朝、

「川上さまがいらしたですだ」

と、長助が告げた。

「おお、川上か、昨晩のこと、くどくどと詫びに来たのだろう。よし、川上にも手伝わせてやるか」

左膳は座敷の隅を見た。鈿女屋から届けられた三百本の傘の骨が三つに分けられ、それぞれ山になっている。

「それが、なんだか、様子が変だんべ」

長助が言うと、

「御家老」

と、血相を変えて川上が入って来た。

川上は急ぐ余り、出来上がった傘を蹴り飛ばしてしまった。

「この粗忽者《そこつもの》!」

兵部は顔をしかめた。

川上は家中で粗忽者と評判である。何か変事に遭遇《そうぐう》すると、我を忘れて慌てふためいてしまう。

「せっかく張ったのに、やり直しではないか。おまえ、手伝え」

左膳は庄右衛門を睨んだ。

「も、申し訳ございません」

謝りながら傘を取り、修復しようとするが何しろ不器用とあって、左膳は苛立《いらだち》を募《つの》らせるばかりだ。

「もうよい、それよりも変事とは何だ」

左膳が確かめると、「ああ、そうでした」と庄右衛門は両手を打って背筋をぴんと伸ばした。

「このところ、辻斬《つじぎ》りが流行《はや》っております」

「そのようだな」

感心なさそうに左膳は答える。

「浪人どもが徒党を組み、辻斬りを繰り返しておるのですが、町奉行所は腰を上げようとしません。被害を受けておるのが、夜鷹とやくざ者ばかりとあって、探索に本腰を入れようとしないのです」

庄右衛門はひとしきり町奉行所の怠慢《たいまん》を批難《ひなん》する言葉を並べた。区切りのいいところで、

「して、何が申したいのだ」

横道にそれた庄右衛門を本来の用件に戻した。

「それがです、その浪人集団の中に羽州浪人を語る者がおるという噂があるのです」

「羽州浪人と申しても、出羽国は広い、大峰家以外にもいくつも大名家があるではないか」

落ち着いて左膳が返すと、

「拙者、殺されたやくざ者の一家を訪ねてみたのですよ」

殺されたやくざ者は上野池之端《うえのいけのはた》を縄張りとする博徒狐目《ばくときつねめ》の万蔵《まんぞう》一家の代貸《だいが》しであった。賭場《とば》の上がりを運ぶ途中に襲われた。その時、子分が何人かおり、逃げ出したやくざ者に向かって浪人の一人が羽州浪人だと告げたのだとか。

「浪人は五人おったようです。その羽州浪人、もしかして大峰家を去った者ではないかと心配です。いえ、拙者とて、いたずらに憂慮《ゆうりょ》しておるのではないのです。今朝も上屋敷に投げ文があったのですが、殿暗殺の企てを大峰浪人が企てておると、記してあったのです。辻斬りを繰り返しておる浪人集団と関わりがあるのではないでしょうか」

庄右衛門の言うことが事実であるならば、まさしく由々《ゆゆ》しき事態だ。

「それは早計《そうけい》には断じられぬ、羽州浪人を語るだけではな。また、投げ文にしても、どこまで信じてよいものか、はなはだ疑問だ」

「御家老がそう申されると思いまして、いま一歩進めてまいりました」

庄右衛門は言った。

「どんなことだ」

傘張りの手を止めて、左膳は問い直した。

「殺された代貸しが狐目の万蔵一家というのが気にかかりませぬか」

庄右衛門は言った。

「万蔵一家か……」

左膳は唸った。

狐目の万蔵は、渡り中間《ちゅうげん》を束ねる博徒である。渡り中間が出入りする大名屋敷の中間小屋で賭場を主宰《しゅさい》している。

一年半前、万蔵は大峰藩邸に派遣した渡り中間たちを使って中間小屋で賭場を開帳した。それに気づいた左膳は万蔵の手先を藩邸から締め出した。

この時、大峰家の家臣が数人、博打《ばくち》に絡《から》んでいたとして処分され、御家を去ったのだった。

「その去った者の中には、万蔵一家の内情を知る者がおったようです」

庄右衛門は言った。

「そうか……」

左膳は長助に目配せをした。長助は小屋の隅においてある行李《こうり》を開け、一冊の帳面を持って来た。左膳は受け取り、拡げる。

大峰家を去った者の一覧で、消息がわかる限り、そこに書き記してある。時に暮らしに困窮する者には銭金をそっと渡し、暮らしを助けているのだ。

「このうち、万蔵一家の博打に関わっていた者となると」

三人いた。

三人の名前を左膳は庄右衛門に見せた。庄右衛門は眺めながら、

「この者たちについては、むろん、探索をしております」

庄右衛門は二人に不穏な動きはなさそうだという。

「一人、内川《うちかわ》だけが素行《そこう》が怪しいのです」

中間を束ねる役務に就《つ》いていた内川藤次郎《とうじろう》のみは、一人住まいでふらふらとしており、昼間から呑んだくれているのだそうだ。

「内川か……」

左膳は唇を嚙んだ。

「内川は御家老を尊敬しておりました。ここだけの話、家中には内川と御家老の関係を思い、殿暗殺に御家老が関係しておるのではないかと勘繰る者がおります」

庄右衛門は、けしからんことにと言い添えた。

「ふん、言わせたい奴には言わせておけ。そもそも、殿暗殺の企てを家中でしっかり

と調べよと命じたのはわしではないか」

左膳は言った。

「その通りなのです」

庄右衛門は困ったものですと、頭を掻いた。

「まったく、おまえたちときたら」

左膳は苦笑するしかなかった。

「それで、内川の件は御家老から、よろしくお願い致します」

庄右衛門は頭を下げた。

「何がよろしくお願い致します、だ。わしはな、大峰家とは無関係……」

と、言い終える前に、

「無関係であるのは承知なのですが、是非にも」

庄右衛門は一層の熱を込め願った。

左膳が渋っていると、

「御家老、羽黒組を助けてくだされ」

庄右衛門は言い立てた。

「大袈裟《おおげさ》じゃのう。おまえは、大殿の側用人《そばようにん》ではないか。その身は安泰《あんたい》であろう」

「ですから、先《せん》だってても申し上げたではありませぬか、わたしが羽黒組を束ねているのだと」

「それは聞いた」

「殿が今回のことで、御家老への疑念は晴らされたようなのですが、その分、企ての下手人《げしゅにん》を突き止めよと殊《こと》の外《ほか》に強く命じられ、それが叶わなければ、羽黒組は解散すると申されるのですよ」

困り顔で庄右衛門は訴えた。

「宗里さまらしいのう」

左膳は苦笑した。

「お願い致します」

庄右衛門は繰り返した。

「わかった。しつこいぞ。折を見て、内川を訪ねる。見よ、この傘の骨の山を。三百もの傘を十日で張らねばならぬのだ」

うず高く積まれた傘骨の山を眺め、こっちは忙しいのだと左膳は口を尖《とが》らせた。

「では、羽黒組を動員して傘張りを行いますので」

庄右衛門は言った。

「猫の手も借りたい程じゃ。その方らも猫よりはましじゃろうて」

左膳は羽黒組を寄越すよう頼んだ。

その時、

「失礼します」

憂鬱《ゆううつ》な空気を一掃するかのような凛《りん》とした声が響き渡った。開け放たれた戸口に町田征四郎が立っている。

「おお、来たか」

左膳は町田征四郎の来訪を喜んだ。

征四郎が入って来た。

征四郎はきちんと折り目正しく挨拶をした。左膳も鷹揚《おうよう》に返す。征四郎は庄右衛門にも気づき、挨拶をした。

「本日より、よろしくお願い致します」

征四郎は言った。

「頼むぞ」

左膳は傘張りの要領を教えようとしたが、

「任せる」

と言って、やめた。

「ならば、お願い致します」

庄右衛門は帰っていった。

庄右衛門が帰ってから、

「昨夕、兵部さまを訪ねました」

征四郎が言った。

「そのようじゃな」

短く左膳は答える。

「兵部さま、相変わらず剣を極めんとする求道者の如き姿勢でござりますな」

「ま、好きにさせるさ」

左膳は返してから、

「すまぬが、ちょと所用《しょよう》があるので、留守をするぞ」

と、内川を訪ねようと腰を上げた。

「お任せくだされ」

快く征四郎は引き受けた。

「旦那さま、おらも」

「いや、今日のところはよい」

左膳はやんわり断ると、小屋から出ていった。

六

左膳は内川藤次郎を訪ねた。

昼八半《やつはん》、空は薄く曇り、風がない。薄日が照りつけ、蒸し暑い油照《あぶらで》りの昼下がりだ。

幸い、左膳宅からさほど遠くはない神田司町《つかさまち》の長屋が住まいである。内川は大峰家を離れてから妻と子と別れた。子供を引き取った妻は鶴岡の実家に戻った。

「来栖だ」

腰高障子《こしだかしょうじ》を叩いた。

中から足音が近づき、腰高障子が開けられた。

「これは、御家老」

挨拶をした内川の口調は呂律《ろれつ》が回っていない。月代《さかやき》も無精髭も伸び放題だ。小袖の襟首は垢《あか》で汚れ、袖はほつれている。帯はなく、荒縄《あらなわ》で縛っていた。

「なんだ、おまえは……昼間から飲んだくれおって」

左膳は渋面を作った。

「そんな、大して飲んでおりませぬ。それにもう夕暮れですぞ」

と、抗弁しながら内川は左膳を上げた。夕刻には早いという言葉を胸に仕舞う。

「ひどい暮らしだな」

左膳が言ったように、家の中はひどい。板敷は埃にまみれて家財道具などはない。布団もなく、欠けた茶碗と五合徳利《どっくり》があるだけだ。

「御家老、一献《いっこん》、いかがですか」

内川が進めるのを、

「いらぬ」

左膳は断ったが、内川は茶碗に五合徳利から酒を注《つ》いだ。

「どうぞ」

呂律の回らない口調で内川は勧めた。

飲む気はなかったが、左膳は茶碗を受け取った。ぷ〜んと立ち昇るのは、

「焼酎ではないか」

と、顔をしかめた。

「焼酎も酒ですぞ」

内川は言った。

焼酎でないと酔わないのかと左膳は情けなくなった。すさんだ暮らしをしているようだ。こんな暮らしなら、辻斬りなどで稼いでいるはずはないと安堵《あんど》もした。

「御家老、本日の用向きは」

内川が訊いてきた。

「なに、おまえの暮らしが気になってな」

左膳が言うと、

「それはありがとうございます。ですが、御家老、腹を割ってください。本当は辻斬りの一件なのではありませぬか」

酔っていても頭はしっかりとしていると内川は言った。

「ならば、遠回しな問いかけは無用だな。おまえ、関係しておるのか」

ずばり左膳は訊いた。

「御家老らしいずけずけとした物言いですな。そんな問いかけに、はい関与しております、と白状するはずがござりませぬぞ」

内川の言う通りである。

「関係ないのはわかったが、心当たりはないか」

「それもございませぬな」

内川は首を左右に振った。

「それを聞いて安心した」

「んだば、これで」

羽州訛り混じりに、内川は話を切り上げようとした。

「少し、外に出ぬか」

左膳は誘った。

「まあ、どうせ暇ですからな」

内川は応じて立ち上がった。


左膳は内川を伴い、長屋を出た。

「一杯……どころではないが、おまえ相手に茶飲み話もできまい」

と、目についた近所の縄暖簾に入った。

「おからを頼む」

座るなり、左膳は注文をした。

「おから……置いておりません」

つっけんどんな物言いで女中に返され、

「なんだと……おから、置いておらぬのかあ……駄目だなあ〜」

腹の底から嘆きの言葉を発し、左膳は残念がった。

内川は酒と肴適当に、と注文した。

「この店、よく来るのか」

左膳が問いかけた途端《とたん》に女中が酒を運んで来て、

「内川の旦那、少しでも置いてってくださいよ」

と、催促《さいそく》をした。

「わかっておる。そのうちに払う」

うるさそうに内川は言った。

「もう……頼みますよ」

女中は口を尖《とが》らせ、調理場に向かおうとした。それを待てと左膳は引き止め、

「内川はいくら溜めておるのだ」

と、問いかけた。

女中はええっとと言いながら、

「三朱と八十文《もん》ですが」

女中が答える終わる前に、

「取っておけ」

と、左膳は一分《ぶ》を手渡し、釣りはいらぬと言い添えた。一瞬にして女中は刺々《とげとげ》しい態度を引っ込めて満面の笑顔になり、調理場に戻った。

「すみませぬ」

内川は頭を下げた。

「そんなことはよいが、あまりだらしのない暮らしは続けるな。困ったらわしを訪ねよ。但《ただ》し、無尽蔵《むじんぞう》には融通できぬ。傘張りでも手伝うか」

「はあ、そうですな」

内川は煮え切らない態度である。

すると、

「これ、どうぞ」

女中が小鉢に入ったおからを持って来てくれた。おやっとなったところで、

「まかないの分ですから、お代は要りません」

女中は告げて戻っていった。

すまぬと礼を言い、左膳はおからを食べ始めた。やや濃いめの味付けだが、それが却《かえ》って安酒には合っている。

しばらく、左膳と内川は言葉を交わすことなく、酒を飲み、肴を食べた。酒の替わりをいくらかした後、

「御家老、辻斬りの探索を行っておられるのですか」

内川が語りかけた。

すると、雷鳴《らいめい》が轟《とどろ》き、雨音が響いた。夕立のようだ。暑気払《しょきばら》いになりそうだと格子窓を見やった。外の景色が雨で白く煙っている。

左膳は視線を内川に戻して返事をした。

「そうだ。宗里さま暗殺の企てもな」

「そっちもですか」

内川が答えてから、

「おまえ、存じておるようだな」

野太い声で左膳は問い返した。

内川ははっとした後に、

「これは、参りましたな」

と、しゃきっとなった。

「何を企んでおるのだ」

「企むなどと、そんな大それたことは考えておりませぬ。ですが、辻斬りが宗里さま暗殺と絡んでおるのではないか、とわたしも考えておったところです」

「辻斬りは万蔵一家の賭場の上がりを奪った、その金、宗里さま暗殺の企てのための軍資金造りということか」

「おそらくは……」

内川は飲むほどにしゃきっとしてきた。

「酔っておるのではあるまいな」

左膳は念を押した。

「酔っておりますが、焼酎ではなく酒を飲みましたので頭は冴えてきましたぞ」

妙な理屈をつけて内川は返した。

「軍資金を集める程、宗里さまの暗殺は大がかりということか。つまり、たとえば、宗里さまの登城、あるいは墓参を待ち構え、お駕籠を襲撃するという単純な企てではないと考えるのだな」

内川はうなずいた。

「なるほど、辻斬りをしておる者が大峰浪人であったなら、そうも考えられるが、大峰浪人が無関係、もしくは関与しておっても、関わりのない浪人どもが主力であったのなら、どうなる。その者ら、宗里さまのお命を奪うなど、理由がないぞ」

左膳は疑問を投げかけた。

「一見してその通りでござるが……」

内川は顎を掻いた。

「どうした。武士の血が騒ぐか」

左膳がにやりとすると

「いささか、騒ぎますな」

内川も頬を緩めた。

「殿暗殺の企てには裏があるかもしれぬな」

「それが何か、これは大いに気になりますぞ」

内川は酒の替わりを頼んだ。

居酒屋を出ると雨は上がっていた。

夕空に虹が架かっている。

「よい虹であるな。止《や》まない雨はない。晴れない空はなし、だ」

夕風が酒で火照《ほて》った頬を心地よく撫でてゆく。

「気持ち、良いですな」

内川も伸びをした。

「ともかく、おまえ、探索に手助けをしてくれるな」

「それは構いませぬが、御家老、今更、宗里さまのお命を守って何となさいますか。武士は主への忠義に生きるものでございます。御家を離れてまで忠義を尽くす必要はないと存じますが」

内川は言った。

「その通りであるな」

左膳自身も不思議な気持ちに囚《とら》われた。

大殿宗長より帰参の誘いをかけられたからではない。困り果てた庄右衛門に同情してのことでもない。

何か使命感のようなものがこみ上げてくるのだ。

そこへ、またも黒覆面の侍たちが殺到した。

「おい、いい加減に……」

大峰家中の者と思い、苦笑を投げそうになって口を閉ざした。醸《かも》し出す雰囲気が違う。

人数は三人、揃って殺気立っている。大峰家中の者たちではない。辻斬りを繰り返す浪人たちに違いない。

一瞬にして酔いが醒《さ》めた。内川の顔も蒼ざめている。帯代わりの荒縄には脇差も差していない。丸腰の内川を背後に庇う。

敵は抜刀し、じりじりと間合いを詰めてきた。左膳は大刀を鞘に納めたままだ。

二人が左右に動き、内川に刃をかざした。

狙いは内川か。

素早く周囲を見回し、狭い路地を見つけた。

「路地へ走れ」

左膳は背中越しに命じた。

内川はうなずくと夢中で路地に駆け込む。三人の動きを見定めながら左膳も内川に続いた。路地の両側を黒板塀が半町程続き、突き当たりも黒板塀が塞いでおり、行き止まりだ。

道幅の狭い路地とあって、一人が刃を振るうのが精一杯である。左膳の来栖天心流は屋内での接近戦に威力を発揮する。

無駄な動きを省き、太刀筋は正確無比、大振りはしないで狙いを外《はず》さない。

得意とする狭い場所に敵を引き込み、左膳は大刀を下段に構え、三人に対峙した。

先頭の男が斬り込んで来た。

左膳は一歩下がる。

男は大刀を横に払った。難なくかわすと勢い余って、男の刃は板塀に当たった。

すかさず、左膳は大刀を下段から斬り上げる。敵の刃が弾き飛ばされ、路地に落ちた。

間髪容れず、二番目の男の懐に入ると大刀の峰《みね》を返し、首筋を打つ。敵は呻き声を漏らし、膝をついた。

最後の男は落ち着き払っていた。

二人とは腕が違う、と左膳は感じ、再び大刀を下段に構え直す。

敵は大刀を大上段に振りかぶり、微動だにしない。

やおら、左膳はくるりと背中を向けた。

敵の戸惑う様子を感じ取り、振り向き様《ざま》、突きを放った。

必殺の、「剛直一本突き」がさく裂する。

が、刃は敵を捉えることなく空《くう》を突いた。僅《わず》かに身を反《そ》らせたため、切っ先が届かなかった。

敵は左膳の太刀筋を見切った。

一瞬の突きを見事にかわしたのだ。

剛直一本突き、破れたり……。

衝撃を受けている場合ではない、と己を叱咤《しった》する。

すると、路地の入口で酔っ払いが騒ぎ始めた。三人は路地を引き上げていった。

敵は去ったものの、左膳は衝撃から立ち直れない。

満を持して繰り出した剛直一本突きをかわされたのだ。自分の奢《おご》りでも油断でもない。歳なのか……、知らず知らずのうちに肉体が衰えているのだろうか。

一人の剣客として苦杯《くはい》を喫《きっ》した思いだ。

このまま帰る気にはなれない。

内川と別れ、左膳は神田相生町《あいおいちょう》に足を向けると小体《こてい》な一軒家の前に至った。箱行灯《はこあんどん》に灯《とも》りが灯され、暖簾が夕風に揺れている。涼し気な浅葱色《あさぎいろ》地に白字で小春《こはる》と屋号が染め抜かれていた。

淡い行灯の灯りに、波立った気持ちが和《なご》んだ。

暖簾を潜り、店の中に入った。

「あら、しばらくです」

女将が笑顔で挨拶をした。

小上がりに畳敷が拡がり、細長い台がある。客は台の前に座り、飲み食いできるような店構えだ。三人ばかり先客がいて、騒ぐことなく酒と料理を楽しんでいた。

「今日は鮎《あゆ》がお勧めですよ」

女将に言われたが、腹は満ちている。

「まずは酒をもらおうか。冷やでよい。肴は考える」

左膳が返すと、わかりました、と女将は酒の支度をした。

春代《はるよ》という三十前後の女だ。

瓜実顔《うりざねがお》、雪のような白い肌、目鼻立ちが調った美人である。笑顔になると黒目がちな瞳がくりくりとして引き込まれそうになる。

地味な弁慶縞《べんけいじま》の小袖に身を包み、髪を飾るのは紅色の玉 簪《たまかんざし》だけ、化粧気はなく紅を差しているだけだが、匂い立つような色香《いろか》を感じる。噂では夫に先立たれ、この店は死んだ亭主が営んでいたそうだ。夫は腕のいい料理人だった。春代は夫の味を守ろうと、奮闘しているのだった。

杯を渡され、

「どうぞ」

春代は蒔絵銚子から酒を注いだ。

一口、含む。

清酒の芳醇な香が鼻孔《びこう》を刺激し、さらっとした飲み口は安酒の酔いを流してくれるようだ。

「いつもの、お出し致しましょうか」

春代に言われ、「頼む」と返事をした。

すぐに小鉢が置かれた。

おからが盛られている。やはり、酒にはおからだ、と左膳は箸を取って食べ始めた。人参《にんじん》、牛蒡《ごぼう》、葱《ねぎ》、それに刻んだ油揚げがうれしい。おからそのものにも出汁《だし》がよく沁《し》み込んでいる。

左膳はおからと酒を楽しんだ。

一時《いっとき》だが、剛直一本突きが敗れたのを忘れることができた。

第二章　旧主暗殺

一

水無月五日の朝、左膳は根津権現《ねづごんげん》裏手にある鶴岡藩大峰家の中屋敷へとやって来た。糊《のり》の利いた紺地無紋の小袖に仙台平《せんだいひら》の袴、絽《ろ》の夏羽織を重ねている。白足袋が眩しいくらいの輝きを放っていた。

一万坪を超える広大な敷地に手入れの行き届いた庭、檜《ひのき》造りの御殿の他、畑が備えられ、近在の農民が季節ごとの青物を栽培している。

大殿こと、大峰宗長は隠居し、雅号を白雲斎と名乗って悠々自適《ゆうゆうじてき》の日々を送っている。白雲斎は御殿奥に設けられた書院にいた。

枯山水《かれさんすい》の庭に面した書院は白雲斎が書見をしたり、絵を描いたりする憩いの場だ。

白雲斎は濡れ縁に座し、空色の小袖に同色の袖無羽織を重ね、裁着け袴という気楽な格好で、絵筆を走らせていた。松が木陰《こかげ》を作り、日輪を遮《さえぎ》っている。白砂の中に大小様々な奇岩《きがん》を配置した庭を筆写《ひっしゃ》し、

「左膳、しばらくであるな」

絵筆を置き、白雲斎は切れ長の目を向けてきた。還暦《かんれき》を過ぎ、髪は白いものが目立つ。髷《まげ》も以前のように太くはないが、肌艶はよく、何よりも鋭い眼光は衰えていない。面長の顔に薄い眉、薄い唇が怜悧《れいり》さを漂わせてもいた。総じて老中として幕政に辣腕《らつわん》を振るってきた威厳《いげん》を失ってはいない。

一年前、還暦を機に突如として老中を辞し、併《あわ》せて大峰家の家督も宗里に譲った。周囲は急な老中辞職と隠居を訝しんだ。悪い病なのか、あるいは将軍家斉《いえなり》と衝突したのか、大奥との関係が悪化したのか、さらには他の老中たちとの政争に敗れたのか、等々様々な憶測《おくそく》を呼んだが、

「還暦を迎え、後進《こうしん》に道を譲る」

とだけ白雲斎は語るに留めた。

家中の重臣たちには、

「余生《よせい》を趣味に生きたい」

ている。


とだけ伝えた。

左膳にも白雲斎の腹の内は読めない。

今も白雲斎の下《もと》には、幕閣や大峰家中の者たちが出入りをし、政《まつりごと》の相談をしているのは公然の秘密だ。従って、大峰家中はもとより、幕政にも大きな影響力を持っている。

「今回はわしの頼みを聞いてくれて、感謝致すぞ」

白雲斎が語りかけると、

「ご依頼を全うできましたなら、お礼の言葉を受けとうございます」

謙虚に左膳は返した。

「して、何かわかったか」

と問いかけてから、左膳の答えを待たず、白雲斎は渋面となり、

「宗里の奴、頭に血を上らせおって、そなたに刺客《しかく》を向けたのであったな」

すまぬと息子の不手際を詫《わ》びてから、

「むろん、そなたに敵《かな》う者は家中におりはせぬ。川上から宗里の不始末を聞いた時、宗里の愚かさを感じたが、そなたへの危害は寸分《すんぶん》も心配しなかったぞ」

宗里の不始末を謝っているのか、左膳を褒《ほ》めているのか、白雲斎の言葉は複雑だ。

「宗里さまのわしへの疑念が晴れれば、それでよしと存じます」

無難《ぶなん》に左膳は返した。

そこへ、小姓が透明なギヤマン細工《ざいく》の杯を持ってきた。氷が敷かれた大きな皿が二つ、一つには鯉の洗い、もう一つには酒器が冷やしてある。鯉の洗いには酢味噌《すみそ》が添えてあった。

「白雲斎さま、直《なお》しでござりますか」

左膳が言うと、白雲斎は相好《そうごう》を崩した。

直しとは焼酎を味醂《みりん》で割った飲み物で、上方《かみがた》では柳蔭《やなぎかげ》という。夏には井戸水で冷やして飲むと美味い。焼酎の臭み、きつさが味醂で緩和《かんわ》され、飲み口もよくなるのだ。

小さく切った竹筒が杯代わりであった。

「手酌《てじゃく》で参るぞ」

白雲斎はまず自分の竹筒に直しを注いだ。左膳も注ぐ。

口の中に入れた。

冷えた直しは冷んやりと心地よく、軒先に吊るされた風鈴の音色と共に涼《りょう》を運んでくれた。乾いた咽喉《のど》が癒《いや》され、汗が引いて目が細まる。一杯の酒で夏の暑さも悪くないとさえ思えてきたから、酒飲みは意地汚《いじきたな》い。

また、鯉の洗いが直しにぴったりだ。淡泊《たんぱく》な味わいを酢味噌が補い、しゃきしゃきとした食感が堪《こた》えられない。

「話の続きですが」

頃合いを見て、左膳は語り始めた。

白雲斎は酒器を縁側《えんがわ》に置き、懐中《かいちゅう》から投げ文を取り出し、左膳に差し出した。左膳は両手で受け取り、目を走らせる。そこには、宗里を羽州の面汚《つらよご》しと嘲《あざけ》り、命を奪うと予告し、

「羽州風来組《ふうらいぐみ》……」

と、名乗っていた。

「羽州風来組、初めて名乗りおったが、何ともふざけた者どもじゃ」

白雲斎は空を見上げた。

紺碧《こんぺき》の空に雅号《がごう》のような白い雲が光っている。

「近頃、江戸市中を騒がす辻斬りを重ねる浪人ども、宗里さま暗殺を企てる羽州風来組と見てよろしいようです。川上庄右衛門以下、羽黒組の探索により、奴らの中に大峰浪人が混じっておるらしいこと、昨年の賭場騒動に関わっておるかもしれぬことが判明しました。賭場騒動に関わるかもしれぬとは、狐目の万蔵一家の代貸しを襲った

ことから、そんな疑いが生じたのだと思います。川上に頼まれ、内川藤次郎を訪ねました」

と、内川を訪れた経緯《いきさつ》を語り、尚且《なおか》つ帰りがけに襲われたことも言い添えた。

「内川は宗里暗殺には加わっておらぬと、そなたは考えたのじゃな」

そうですと答えてから、

「内川とも話したのですが、宗里さま暗殺の企てには裏があるように思えます。と、申しますのは、もし羽州風来組が宗里さまを狙っておるとしましたら、稼いだ金からして大がかりな企てがあるのでは、と疑念を抱いたのです」

左膳の考えに、

「あるいはそうかもしれぬな」

同意するように白雲斎は顎を掻いた。その目は思案するように凝《こ》らされている。

「何か、お心当たりがあるのではござりませぬか」

左膳が踏み込むと、

「なくはない」

曖昧《あいまい》な物言いを白雲斎はした。

「それは……」

左膳は話してくださいと目で訴えた。

白雲斎は竹筒の杯に直しを注いでから、

「これは勝手な想像であるが……近頃な、印旛沼《いんばぬま》の干拓普請《かんたくふしん》が浮上してまいった」

下総国《しもうさのくに》北西部にある印旛沼干拓は、享保《きょうほう》九年（一七二四）と天明五年（一七八五）の二度行われたのだが、難工事とあっていずれも頓挫《とんざ》した。それでも、印旛沼干拓は新田開発や利根川流域から江戸への水運の利が図れるということで、幕閣の中には根強い推進者が存在する。

印旛沼干拓工事は幕府のみが行うものではない。手伝い普請、つまり、諸大名の中から指名された大名が請け負わなければならない。もちろん、費用は大名の負担だ。莫大《ばくだい》な出費である。幕府に限らず、何処の大名も台所事情は苦しい。何としても回避《かいひ》したい。

そのため、各大名家の留守居役《るすいやく》たちは、躍起《やっき》になって情報収集を行い、自分たちの御家が指名されないよう、老中に賄賂《わいろ》を贈っている。

「印旛沼干拓が計画されたなら、それは、大変でしょうが、それと宗里さまのお命を狙うのと、どう関係するのでしょう」

訝しみつつ左膳は問い直した。

「それがな……」

白雲斎は苦笑し、しばし言葉を止めた。それから、わかるだろうというような顔を向けられる。

「宗里さま、普請に名乗りを上げておられるのですか」

左膳が心配すると、

「そうじゃ」

白雲斎はため息混じりに首を縦に振った。

「出世がなさりたいのですな」

左膳の言葉を受け、

「宗里は家督相続と共に奏者番《そうじゃばん》に成った。年内に寺社奉行《じしゃぶぎょう》の一人が大坂城代に転任する。さすれば寺社奉行に一人、欠員ができる」

白雲斎は述べ立てた。

奏者番は江戸城中における武家の典礼《てんれい》を司《つかさど》る。大名が将軍に拝謁《はいえつ》する際、大名の氏名、進物を披露し、将軍から大名への下賜品《かしひん》を伝える。

奏者番に列せられるのが譜代大名の出世、つまり、老中への第一歩だ。奏者番の中から、寺社奉行に抜擢されたなら、大きな前進である。以降、若年寄か大坂城代、京都所司代《しょしだい》を経て老中に昇り詰めるのである。

　寺社奉行に選ばれるには、奏者番の役目を落ち度なく務めることに加え、老中たちの心証をよくするのが大事だ。

　宗里は白雲斎が老中として将軍家斉を支え、名宰相《めいさいしょう》と謳《うた》われたのを羨んでいた。自分も必ず老中になるのだと意気込んでいるのだ。

「ということは、やはり、大峰家中の者による企てということになりましょうか。宗里さまの出世のために印旛沼干拓など請け負われては敵《かな》わない、と不満を抱いておる者の仕業である、と」

　左膳は危惧を示した。

「そうかもしれぬな。印旛沼干拓など、とてものことやれたものではない、当家とて、決して楽な台所ではない。家臣たちから禄を借り上げ、領内で藩札《はんさつ》を発行して商人から多額の借財をすることになる。年貢の取り立ても厳しくなろう。家臣、領民ともによいことはないのだ」

　白雲斎は嘆いてから、老中を務めた者が言ってはならぬのだがな、と、肩をすくめた。

「すると、家中の者が羽州風来組と示し合わせ、宗里さまの暗殺を企てておる、と」

左膳の考えに、

「そうでないことを望むがな」

白雲斎は小さくため息を吐いた。

「それでは、わしの役目はこれで終わりですな」

あとは大峰家中での探索ですと、左膳は手を引かせて欲しいと申し出た。

「そう、急《せ》くな、まだ、そうと決まったわけではない。一つの考え方を述べたまででではないか」

白雲斎は右手をひらひらと振った。

「わしはこれで決まりのような気がするのですが」

「わからぬぞ。あまりにも簡単に筋書きが読め過ぎる。企ては、もっと複雑に糸が絡《から》んでおるものじゃ」

自信ありげに白雲斎は考えを述べ立てた。

「勘繰り過ぎではございませぬか」

左膳は苦笑した。

「いいから、もそっとこの事件の探索に首を突っ込んでおれ」

白雲斎は直しの替わりを頼んだ。

二

その頃、左膳宅の傘張り小屋で町田征四郎は手際よく傘を張っていた。手伝いに来た羽黒組の者たちを指導もしている。

油紙を切る者、傘の骨に糊を塗る者、切った油紙を傘に張る者、張った傘に筆で、「梅木屋」の屋号を書く者、それから油を塗って仕上げる者、出来上がった傘を庭で乾かす者、それぞれに分かれて手際よく作業を進めている。

みな、懸命に作業を続ける中、昼九つとなり、美鈴が入って来た。

「お昼でございます。お腹が空かれたでしょう。どうぞ、お召し上がりください」

美鈴は握り飯と沢庵《たくあん》を添えた大皿をみなの真ん中に置いた。みな、口々に感謝の言葉を並べた。

「町田さま、父の代わりをお務めくださり、本当にありがとうございます」

美鈴は征四郎にお辞儀をした。

「傘張りは拙者の方からお願いしたのです」

征四郎は笑みを浮かべ返した。

「兄から聞きましたが、仕官先をお探しとのこと。差し障りがなければよいのですが……父に遠慮なさらず、仕官先探しを優先させてください」

美鈴の危惧《きぐ》に征四郎は首を横に振り、

「今日、明日に決まるものではなし、どうかお気遣いなく」

「ですが、どうか無理はなさらないでください。町田さまは、市井《しせい》で埋もれてはならぬお方、必要とされる御家でお役に立ってください」

「美鈴さまの買い被りでございますが、励みになります。まこと、美鈴さまのお顔を見ると、心が湧き立ちます」

征四郎は握り飯を頬張った。

美鈴は頬を赤らめ、うつむき加減になって出ていった。

傘張りを終え、征四郎は兵部の道場に立ち寄った。今日も兵部は一人、ぽつねんと形《かた》の稽古に勤しんでいる。

「兵部さま」

征四郎が声をかけると、

「おお、やりますかな」

と、勇《いさ》んで兵部は立ち上がった。

「それもよいですが、ひとつ、我々で夜回りをしませぬか」

征四郎は言った。

「夜回りというと……」

兵部は訝しむ。

「目下《もっか》、世間を騒がせる浪人どもです」

「辻斬りを繰り返しておるという浪人どもか。先ほど父から聞いたが、羽州風来組とか称しておるそうな。出羽を騙《かた》るとは許せぬと思っておったところだ」

俄然、兵部も乗り気となった。

「町奉行所は被害を受けた者がやくざ者、夜鷹とあって、羽州風来組を捕縛しようとはしませぬ。ならば、我らの手で成敗《せいばい》をしてやろうではありませぬか」

征四郎の誘いに、

「おお、やってやろうぞ！」

兵部は猛《たけ》った。

「それでこそ、兵部さまです」

征四郎も賛同されて笑みを浮かべた。

夜になり、兵部と征四郎は柳原通りにやって来た。既に花火は終わり、夜空に夕月と星が瞬《またた》いている。

このあたりは夜鷹が多く、実際、辻斬りの犠牲になった者もいる。

兵部は柳森稲荷《やなぎもりいなり》の近くで店を構える夜鳴き蕎麦の屋台を見つけた。闇に滲《にじ》んだ行灯が郷愁を誘い、出汁《だし》の香りが食欲をかき立てる。

「腹ごしらえを致しますか」

征四郎が誘うと、

「腹が減っては戦《いくさ》ができぬ、な」

躊躇《ためら》いもなく兵部は応じた。

征四郎が屋台に入り、蕎麦を二つ頼んだ。

「親父、近頃、景気はどうだ」

征四郎は主人にきさくに声をかけた。

「このところ、世間さまを騒がす辻斬りのお陰で、客はめっきり減ってしまいましてね」

頭を抱えているのだと主人は嘆いた。

「夜鷹たちは商いをしておるようだな」

兵部は土手を見上げた。夜風にたなびく柳の陰に、何人かの夜鷹が立っている。

「夜鷹だってね、好きで春をひさいでいるわけじゃないんですよ。稼がないと食っていけませんからね。まあ、それはあっしも同じなんですがね。辻斬りが出るかもしれないっていうのにね、ほら、巷《ちまた》で噂されていますでしょう。浪人方ですよ。何でも羽州風来組って名乗っているってところを見ると、出羽の方々なんですかね。何も遥々《はるばる》出羽からやって来て辻斬りを重ねることたあないのに……迷惑な話だ。お蔭で商売は上がったりだし、心細いし……」

愚痴《ぐち》を並べながら、主人は出来上がった蕎麦を二人に渡した。物見高い江戸っ子の間で羽州風来組の名は燎原《りょうげん》の火の如《ごと》く広まっているようだ。

「夜鷹の客はあるのか」

兵部が問を重ねる。

「それがね、こんな時でも、どうしようもなく女好きな男というのは、いるものでしてね」

下卑《げび》た笑いを浮かべ、酔った勢いで夜鷹を求める男がちらほらいると主人は語った。

「好きな男っていうのはですよ、こういう物騒《ぶっそう》な時には競争相手がいないから、自分好みの女を抱けるんだって、そんな都合のいい算段で来ている連中もいますよ。まったく、男っていうのは馬鹿ですね」

主人は声を上げて笑った。

が、すぐに笑みを引っ込め、

「おおっと、いけない。お侍さま方も夜鷹を相手になさりにいらしたんですか」

「いや、そういうわけではないがな」

否定しつつ、征四郎は蕎麦を食べ終えた。

兵部も汁まで飲み干すと箸を置き、

「さて、行くか」

と、二人分の蕎麦代を渡そうとしたが、自分が誘ったのだからと征四郎が先に払った。夜鳴き蕎麦は別名、二八《にはち》蕎麦と呼ばれているように、二×八の十六文だ。二人で三十二文である。

「あの、どちらへ」

主人はおっかなびっくり問いかけた。

「羽州風来組……辻斬りどもを成敗する」

兵部は言った。

「そ、それは、ご苦労なことで……」

主人は恐縮した。


兵部と征四郎はひとまず柳森稲荷に入った。

鳥居を潜ると、富士信仰に基づき富士山を模して岩石で造られた富士塚がある。富士塚の前でも何人かの夜鷹が客待ちをしているのがわかった。夜鷹たちは兵部と征四郎を見ると辻斬りと勘違いしたのか、悲鳴を上げて逃げ去った。

逃げ遅れた一人を征四郎が呼び止めると、

「我ら、羽州風来組ではない。そ奴らを退治に来たのだ」

極力《きよくりよく》、声音《こわね》を優しくして問いかけた。

夜鷹は警戒しながらも二人を見返した。征四郎がいくらか銭を与え、辻斬りに関する情報を求めた。

夜鷹が語るところでは、羽州風来組が出没したのは昨晩であった。人数は三人であったそうだ。

兵部が、

「そ奴らが羽州風来組と、どうしてわかったのだ」

と疑問を投げかけると、夜鷹は三人が羽州風来組だと名乗ったと答えた。素性を明かしてから凶行に及ぶとは大胆不敵な連中だ。

「何人が斬られたのだ」

征四郎が問いかけると、

「幸い、斬られた者はおりません」

夜鷹は弱々しい声音で答えた。

「すると、奴らはどうしたのだ」

「刀を抜いて脅したんです」

羽州風来組は刀で夜鷹を脅し、稼ぎを奪っていったそうだ。

「汚い奴らだ。武士の風上にも置けぬ者どもよ」

兵部は憤《いきどお》りを示した。

「今夜、出没すれば、我らが退治してやるからな」

征四郎が約束すると、夜鷹はよろしくお願いしますと腰を折った。夜鷹が去ってから、兵部と征四郎は柳森稲荷の境内で、対決に備え素振りをした。

四半時程が経過した。

「きゃあ〜」

土手の上から悲鳴が上がった。

兵部と征四郎は顔を見合わせ、二人同時に柳森稲荷の境内を飛び出した。

土手を見上げる。

蠢く影が見えた。

兵部と征四郎は土手を駆け上がる。

下ばえに足を取られながらも、迅速《じんそく》な動きで土手の頂きに着いた。黒覆面を被った三人の侍が夜鷹たちを相手に銭を出せと脅している。

「羽州風来組、悪党め！」

兵部が甲走《かんばし》った声を投げると三人はたじろいだ。

兵部と征四郎は抜刀し、敵に立ち向かった。敵は泡を食いながら、慌てて刀を構える。兵部は下段から刀をすり上げた。刀がぶつかり合う金属音がし、敵の刃が夜空に舞い上がる。

征四郎は刀を横に一閃《いっせん》させた。黒の覆面が切り裂かれ、敵は悲鳴を上げる。

残り一人は自ら刀を捨てて跪《ひざまず》くと、両手を合わせて二人を拝んだ。

「おまえら、そこに座れ」

兵部は怒鳴りつけた。意外にも弱い敵に歯応えがなく、物足りなさを感じた。三人はぶるぶると身を震わせながら正座をした。

「仲間は何処だ、そして、束ねておるのは何者だ」

兵部は刀の切っ先を真ん中の男の鼻先に突き付けた。

「あっしらだけで……」

男が答えると征四郎がおやっとなり、

「おい、おまえたち、侍ではないな」

と、屈《かが》み込んで男の顎を摑んだ。

男は目を白黒させた。

「そうなのか」

失望しながら兵部は確かめた。

「侍の格好をして、羽州風来組を騙って辻斬りを企てるとは、とんでもない者たちだな」

征四郎は言った。

「斬ってませんよ」

男は首を横に振った。

「銭を脅し取っただけなのか」

征四郎が問を重ねる。

「そ、そうです」

男は蚊《か》の鳴くような声で答えた。

「おまえら、何者だ」

嘘を吐いたら首を刎《は》ねると征四郎は脅した。

「狐目の万蔵一家の者です」

男は三吉《さんきち》だと名乗った。

「ほほう、狐目の万蔵の子分どもか、おおよその絵図がわかったぞ」

征四郎は言った。

三吉は首をすくめた。

兵部が、征四郎に説明を求めた。

「つまりですな、浪人どもに万蔵一家は賭場の上がりをごっそり奪われてしまった。それで、それを取り返すために、躍起になっているというわけです」

征四郎は答えると、「そうだな」と三吉を問い詰めた。

三吉は口を開いた。

「あっしら、代貸しが斬られたところに居合わせて、それで、あんまり怖かったんで、逃げ出したんですよ」

三吉は怖《お》じ気《け》づいて逃げ出した。

当然、万蔵は激怒した。

「よく、殺されなかったものだな」

兵部が言うと、

「うちの親分は、銭儲け第一ですから、銭を稼いでこいって、奪われた金千両を取り戻してこいって、それで、あっしら、辻斬りの恐怖に襲われているだろうって夜鷹に狙いをつけたってわけでして」

三吉の言葉に他の二人もうなずいた。

「辻斬りの威《い》を借りるやくざ者か」

征四郎は声を上げて笑った。

「おまえたちにはやくざ者の矜持《きょうじ》がないのか」

兵部は叱りつけたが、矜持の意味がわからないようで、三人はぽかんとなった。

「ま、いい」

呆れ果て、兵部は小石を蹴った。

「ならば、このあたりに辻斬りは出没しなかったのだな」

兵部は念を押した。

「へ、へい」

おっかなびっくり三吉は答えた。

「丁度いい、おまえら、万蔵のところに案内しろ」

征四郎が命じた。

「そ、そりゃあ……勘弁してくださいよ」

三吉は強く躊躇《ためら》ったが、

「つべこべ申すと、この場で叩き斬るぞ」

兵部が怒鳴りつけると三吉は大人しく従った。

兵部は征四郎が羽州風来組について万蔵から確かめたがっているのを察した。三吉は二人と顔を見合わせていたが、

「早くしろ」

と、征四郎に頭を小突かれ立ち上がった。

「おっと、その前に、おまえら財布なり巾着《きんちゃく》なり置いてゆけ。夜鷹たちから奪った銭を返すのだ」

兵部は命じた。

「そら、殺生《せっしょう》だ」

三吉は悲痛な顔をしたが、兵部が凄むと他の二人と一緒に巾着を差し出したものの、ろくに銭は入っていない。

「仕方がない、身ぐるみ、置いてゆけ」

兵部は命じた。

三人は着物を脱ぎ、刀も置いていった。

三

褌《ふんどし》一丁となった三人に案内をさせ、兵部と征四郎は狐目の万蔵一家を訪れた。万蔵は池之端にある料理屋の二階の座敷にいた。

大勢の子分たちにかしずかれている万蔵は細面《ほそおもて》の痩せぎすの男であった。二つ名の通り、狐のように目が吊り上がっている。浴衣《ゆかた》を諸肌《もろはだ》脱ぎにして左右から子分に団扇《あお》で煽がせ長煙管《ながぎせる》を吸っていた。あばら骨が浮いている貧弱な身体を補うかのように彫り物が施されている。狐ではなく昇り龍の絵柄であった。

三吉が、

「親分、面目《めんぼく》ござんせん」

と、両手をつくと他の二人は泣きを入れた。

「目障《めざわ》りだぜ」

万蔵は子分に三吉たちを摘まみ出させた。

長煙管を子分に渡すと浴衣の袖に腕を通し、

「お侍、あんたたちは何かい、柳原の夜鷹たちの用心棒ってわけかい」

万蔵は兵部と征四郎の前に座った。

「用心棒というわけではない。我ら世間を騒がす羽州風来組を成敗せんと夜回りをしておったのだ」

兵部が答えると、

「すると、おまえの一家のとんちきどもを捕まえる羽目になったのだよ」

征四郎は三吉たちを捕まえるに至った経緯をかいつまんで語った。

「それは、みっともねえところを見せちまったってわけですね。そいつはどうも、すまねえこって」

万蔵は詫びてから、兵部に目を凝らした。

狐目をよけいに吊り上げて、

「あんた、大峰さまのお屋敷にいなすったね」

と、問いかけた。

「それがどうした」

兵部が返すと万蔵は舌打ちをして、

「これで二度目だな。あんたに邪魔されたのは。そうだよ、あんた御家老さまの息子さんだ。確かお名前は兵部さま……ふん、とんだ疫病神《やくびょうがみ》だぜ」

と、細面の顔をどす黒く歪《ゆが》めた。眉毛がないのっぺりとした顔が凄みを放った。

次いで子分を見回し、

「こちらの……来栖兵部さまはな、おれの賭場をひとつ潰しなさった江戸家老来栖左膳さまのご子息さまだ。大峰さまのお屋敷だよ」

と、言った。

子供たちが色めき立つ。

すると兵部が、

「そうだよ、おれは来栖兵部、おまえたちを締め出した江戸家老、来栖左膳の息子だ」

と、名乗った。

万蔵はにやりとし、

「そうですかい。あの一本気家老さまのご子息ですかい。一言居士《いちげんこじ》が過ぎ、殿さまの不興《ふきょう》を買って御家を首になったそうですね」

「父は武士の矜持を貫いたのだ」

兵部は睨み返した。

万蔵は子分たちを見回し、

「野郎ども、お二人さんを手ぶらで帰していいのかい」

と、挑発をした。

子分たちは凄み、腕まくりをする者もいた。

「ほう、やるのか」

征四郎が薄笑いを浮かべる。

「面白い。三吉たちは歯応えがなかった。ここには、少しは骨のある奴がいるだろうな」

兵部も余裕の笑みを浮かべた。

万蔵が、

「やめとけ、おまえらが束になってかかっても敵《かな》うお二人じゃねえさ」

と、子分を宥めた。

いきり立った子分たちだったが、万蔵の一言ですごすごと部屋の隅に移った。

改めて万蔵は兵部と征四郎に向き直った。

「それで、お二人さんがいらしたのは、三吉たちの不始末の片《かた》をつけろってこってすかい」

征四郎が、

「三吉たちのことはよい。それよりも、先だって賭場の上がりを羽州風来組に奪われたであろう」

と、問いかけた。

「ああ、奪われたぜ」

嫌な顔で万蔵は答えた。

「その時のことを詳しく聞きたいのだ」

「どうしてだい。まさか、金を取り戻してくれるっていうのかい」

万蔵はせせら笑った。

「そんな義理はないが、場合によっては取り戻してやれるかもしれぬ。羽州風来組を捕まえればな」

征四郎の言葉に万蔵は表情を柔らかにして下手《したで》に出て、

「そりゃ、ありがてえこってすね。だけど、どうして羽州風来組を捕まえたいんですか」

「決まっておろう。羽州風来組どもが奪った金の上前《うわまえ》を撥ねてやろうと思っておるのだ」

征四郎は言った。

「そういうこってすかい。そりゃ、腕の立つお侍ならいい稼ぎになるかもしれませんや」

万蔵は薄笑いを浮かべた。

「それでだ、羽州風来組のこと、調べたであろう。狐目の万蔵が賭場の上がりを奪われて、おめおめと泣き寝入りしているとは思えぬぞ」

万蔵は口の端を歪め、押し黙った。

「どうなのだ」

兵部が詰め寄った。

二度、三度うなずくと万蔵は口を開いた。

「羽州風来組へ導いた者の見当はつけていますぜ」

「案内した者がおるのか、それは興味深いな……して、何者だ」

兵部が半身を乗り出した。

「大峰さまのご家来だった内川藤次郎さんですよ」

万蔵は言った。

内川は大峰家の中間たちを監督する立場にあった。万蔵一家が大峰家上屋敷の中間部屋で賭場を開いていた時から繫がりがあり、内川が浪人してからは万蔵が直《じか》に開帳している賭場の用心棒に雇ったのだそうだ。

「ところが、内川さん、酒癖が悪くてね」

賭場でも飲み、客に絡《から》んだり、飲み過ぎで仕事に出て来ない日もあったそうだ。

「それで、半年程で辞めてもらったんですよ。と言いましてもね、あっしゃ、内川さんに十分過ぎるくれえのお礼はしたんですよ」

万蔵によると、月々の手間賃は五両、辞めてもらった時には別途十両を渡したそうだ。

「だからと申して内川が羽州風来組と繫がりがあると決めつけるのは……」

征四郎が首を傾《かし》げると、

「うちの代貸しが賭場の上がりを運ぶ道筋に羽州風来組は待ち構えていたってところを考えるとね」

賭場は月のうち、不定期に開帳されるそうだ。奇数日と偶数日によって賭場の上がりを運ぶ先が異なっている。いずれも、万蔵の妾《めかけ》のところで、偶数はお梅《うめ》、奇数はお仲《なか》という女の家に運ぶのだとか。

それを内川は知っていたという。

「そこまで検討をつけているのなら、どうして内川から上がりを取り戻さないのだ」

征四郎の問いかけに横で兵部もうなずく。

「あっしだって指を咥《くわ》えているわけじゃござんせんや。子分をやったり、あっし自身も内川さんのねぐらに足を運んで、それとなく確かめたんですよ」

内川の暮らしぶりはひどく、とても大金を手にしたとは思えないそうだ。

「もちろん、あっしもそれで内川さんへの疑念を晴らしたわけじゃありませんよ。仲間が千両を預かり、ほとぼりが冷めるまで、これまで通りの暮らしを続けるってことは十分に考えられますからね。それで、尻尾を出すんじゃねえかって、子分どもに張り込ませているんですよ」

今のところ、内川は尻尾を出していないと、万蔵は言った。

「内川藤次郎か……なるほど、酒に目のない呑兵衛《のんべえ》だが、辻斬りを働くような悪党に成り下がったとは思えませぬな」

征四郎は兵部を見た。

「おれは、内川をよく知らぬが大峰浪人が羽州風来組に加わっておるとしたら、断固として許さぬ」

兵部らしく、正義感と激情を露《あら》わにした。

「人を見りゃ泥棒と思えってね」

万蔵は笑った。

「内川に確かめればはっきりする」

兵部が言うと、

「さすがは、御家老さまのお坊ちゃんだ。お育ちがいいとお人もよろしいですね。あんたが奪ったんだろうって訊いて、わたしがやりました、なんて答える馬鹿はいませんぜ。あっしだってね、内川さんには探りを入れているんですよ」

万蔵は言った。

「どんな具合にだ」

けなされてむっとしながら兵部は問い返した。

「お暮しはいかがですかってね。そしたら内川さん、不自由なことだらけだ、銭を貸してくれ、なんて抜け抜けと借金の催促《さいそく》をしなすってね。顔を出すたんびに金をせびられて、五両も貸しましたよ」

と、あっしも人が好《い》いねと自分をくさした。

「子分たちに見張らせ、内川を泳がせておるというわけだな」

征四郎が確かめると、「そうです」と万蔵は不満顔で答えた。

それから、

「あ、そうだ。御家老さま……来栖さまが訪ねていらしたそうですよ」

万蔵は言った。

「父が……」

意外な展開を兵部は訝しんだ。

「そうですよ。来栖さまが内川さんを訪ねたそうですよ」

「どうしてだ」

「そんなこと、あっしが知るはずござんせんや。お二人は近所の縄暖簾に入ったそうですぜ」

「父のことはともかく、内川には興味を引かれるな」

兵部が言うと征四郎もうなずいた。

万蔵も訝しみ、

「あっしゃね、妙な気がするんですよ」

「なんだ」

征四郎が問いかける。

「あっしの勘なんですがね、内川さんが賭場の上がりを奪うのを手伝ったとして、羽州風来組には大峰さまの御家来のどなたかも関わっているような気がするんですよ」

「なんじゃと、おまえ、いい加減なことを申すと承知せぬぞ」

兵部がいきり立った。

「兵部さま、大峰家を離れなすったんでしょう。まだ、忠義立てですかい」

万蔵はからかった。

「たとえ、離れたとて旧主家を悪し様《あざま》に申すのを聞き捨てにはできぬ」

と、怒り心頭の兵部を横目に征四郎は落ち着いて問い返した。

「大峰家中が加わっているとは、どういうことだ」

と、問いかけた。

「それがね、送り込んだ渡り中間どもから聞いたんですがね……あ、いえ、今は博打はやらせてませんぜ。で、大峰さまの御家中ではとにかく金が必要だ。金を稼ぐのに躍起になっていなさるそうで、御屋敷の中にはまた賭場を開こうかという雰囲気が広がっているそうですよ」

万蔵は言った。

「確かに大峰家の台所は豊かではないが、困窮する程ではなかった。おれが御家を離れてから、大きな金が入り用になったのであろうか。たとえば、領内を嵐が襲ったり、冷害になって飢饉《ききん》となったとか」

兵部は征四郎に訊いた。

「拙者、回国修行で収穫を迎えた国許を訪れましたが、そのようなことはありませんでした。それどころか、昨年は近来にない豊作であったようです。鶴岡の湊《みなと》も大いに賑わっておりました」

征四郎は鶴岡藩領の困窮を否定した。

「すると、御家の台所が困窮しておるとは思えぬな。宗里さまは何故金子《きんす》を求めるのであろう」

兵部は首を傾げた。

「銭、金はいくらあっても不足ってことはありませんよ」

訳知り顔で言う万蔵に、

「それはそうであろうが、賭場を開帳してまでも、金が必要となるとは穏やかではないぞ」

征四郎は異を唱えた。

「そうだ」

兵部も賛同する。

「そりゃ、確かにおかしいですけどね」

二人に気圧《けお》されるように万蔵も認めた。

「万蔵、賭場の上がりを奪ったのは、大峰家の誰かが糸を引いていると言いたいのか」

兵部が確かめると、

「まあ、そうじゃねえかって、勘繰ったってわけでしてね」

万蔵は言い訳めいた口を利いた。

「羽州風来組に大峰家が関係しておるとは考えたくはないがな……」

征四郎は言葉に含みを持たせた。

兵部は黙り込んだ。

「ともかく、あっしもこのまま上がりを奪われっ放《ぱな》しじゃ、顔に泥を塗られたままだ。狐目の万蔵といやあちっとは知られた博徒だ。たとえ、大峰さまが相手でもあっしゃ一歩も引かねえですぜ」

万蔵は意気込みを示した。

「おれだって、大峰家が博徒の上前を撥ねるような恥ずかしき所業をしたのなら、勘弁せぬ」

兵部も眦を決した。

対して、

「ともかく、一歩一歩、ちゃんと筋道を立てて、調べる必要がありますぞ」

戒めるように征四郎は念を押した。

「わかっておる。万蔵、大峰藩邸に送った渡り中間どもに、よくよく、調べさせるのだ」

兵部は言った。

万蔵は近々にも自分も大峰藩邸の中間部屋を訪れると約束をしてから続けた。

「それで、もし、大峰さまが絡んでいるとしたら、どうしますか。御奉行所に訴えたところで大名藩邸となりゃ、どうにもなりませんからね。あっしが片《かた》をつけますか」

「おれが乗り込む」

兵部が意気込むと、

「そりゃ、心強いですね」

万蔵は子分たちを見回した。子分たちは一斉に頭を下げた。

「任せろ」

兵部は胸を張った。


兵部と征四郎は万蔵一家を後にした。

「善は急げ、藩邸に乗り込んでやるか」

兵部が意気込んだが、

「その前に、御家老に内川藤次郎のこと、確かめた方がよくはござりませぬか」

という征四郎の意見を、

「もっともだな」

兵部は受け入れた。

四

明くる六日の朝、左膳は傘張り小屋に兵部と征四郎の訪問を受けた。

小屋の中は梅木屋に納める傘で溢れている。まだ、手伝いの羽黒組は来ていなかった。

「兵部、ここに来るとは珍しいのう」

左膳が冗談混じりに語りかけると、

「傘張りに参ったのではござりませぬ」

兵部は手伝わされるのを牽制《けんせい》した。

ふん、と左膳は冷笑を浮かべ、ちらりと征四郎を見た。

「内川藤次郎について、お聞かせ願いたいのです」

征四郎は昨夜の柳原土手で三吉を捕まえてから、狐目の万蔵一家に乗り込み、羽州風来組について聞き出すうちに、内川藤次郎の名前が出、更には大峰家が多額の金を必要とし、猫の手も借りたいと再び中間部屋での賭場の開帳を検討していることまでを語った。

「父上、内川に会いに行かれたそうですな。万蔵の子分が目にしたそうですぞ」

征四郎の説明が終わるのももどかしそうに兵部は問いかけた。

「訪ねたぞ」

言葉短《みじか》に左膳は答えた。

「どうしてですか」

兵部は問を重ねる。

「申す必要はないが、はからずも、そなたらも羽州風来組の一件に立ち入ったことを思えば、話してやるか。わしもな、万蔵と同様、内川が羽州風来組に関わっておるかもしれぬと疑い、訪問をしたのだ」

「それで、父上から見て、内川はいかがでしたか。羽州風来組に加担《かたん》しておる様子でしたか」

兵部は目を凝らした。

「関わってはおらぬな」

言下に左膳は否定した。

「どうしてわかるのですか」

「そのような暮らしぶりも、素振《そぶ》りもなかった」

左膳の答えに兵部は満足せず、

「要するに勘ですか」

冷笑を浮かべ、責めるような口調となった。

「いかにも勘だ。それで得心しなければ、もうひとつ教えてやる。内川を誘って一杯飲んだ後、黒覆面の侍どもに襲撃をされた。おそらくは羽州風来組の面々だろう」

左膳は危機を語った。

「父上、その侍ども、羽州風来組ではなく大峰家中の者とは考えられませぬか」

「大峰家にあれほどの手練《てだ》れがおるとは思えぬな。何しろ、首領格の者はわしの突きをかわしおった」

左膳は笑った。

「来栖天心流、剛直一本突きをかわした……それ程の腕……」

かっと目を見開き兵部は征四郎と顔を見合わせた。

征四郎も、

「なるほど、御家老と正面切って、刃を合わせられる者、今の大峰家中におるとは思えませぬな。とすると、やはり羽州風来組……羽州風来組は相当の手練れ揃いということになりますな」

と、羽州風来組への警戒を強めた。

「その通りであるな」

左膳は剛直一本突きをかわされた無念を思い出し、苦い顔になった。

「としますと、内川が羽州風来組に加わっているという疑いが濃くなりましたな。羽州風来組は、内川の口封じに動いたのではないでしょうか」

征四郎の考えに、

「それはどうであろうな。目下《もっか》のところ判断はつかぬ」

左膳は賛同しなかった。

「おれは征四郎殿の考え通りだと思う」

兵部は征四郎についた。

「ここまで立ち入ったのだから、申しておこう。実はもうひとつ気がかりな一件がある」

左膳は言った。

兵部が挑むような目を左膳に向ける。

「宗里さま暗殺の企てが進行しておるそうだ。先月からたびたび投げ文があり、宗里さまのお命を奪うと書いて寄越したとか。それが、最近になっては、ついに羽州風来組を名乗るようになった。羽州風来組は、宗里さま暗殺の軍資金を得ようとして万蔵の賭場の上がりを奪ったと考えられる」

「宗里さま、大峰家中で相当な恨《うら》みを買っておられましたから、羽州風来組は大峰浪人が中心となっておるのではござらぬか」

という兵部の推察に、

「しかし、大峰家を離れた者の中にそれほどの手練れがおりましょうか。御家老の剛直一本突きをかわせる程の者が……」

征四郎は疑問を呈した。

「おらぬな」

左膳は即答した。

「他藩の者から狙われておるのではござりませぬか。他藩の者が羽州風来組を騙《かた》ったか、あるいは羽州風来組は大峰浪人ではなく、他藩の者が組織している、のでは」

征四郎の考えに、

「その可能性もあるな」

左膳は判断できぬと言い添えた。

「一体、何者が」

兵部が首を捻ると、

「ひょっとして」

左膳は考えを述べようとして躊躇《ためら》った。

「いかがしたのですか」

兵部は苛立《いらだ》ちを示した。

「大峰家が金を必要としておる事情なのだがな、印旛沼干拓であるらしい」

左膳が言うと、

「印旛沼干拓……これまで公儀は普請を手がけ、うまくいかず、撤退を余儀なくされたくらい困難を極める普請ではございませぬか。それが大峰家とどう関わるのですか……まさか、大峰家に手伝い普請の命《めい》が下されたのですか」

兵部は危惧《きぐ》した。

左膳は困ったような顔をして、

「それがな……宗里さま、自らが普請をさせて頂くと申し出られたそうじゃ」

「なんと」

兵部は呆れたように言い、

「幕閣の覚えをめでたいものとしようと、お考えなのでしょうな」

るのだ」

征四郎が言うと、

「その通りだ。よって、普請に必要な金を得ようと、宗里さまは躍起《やっき》になっておられ

左膳は言った。

「宗里さまらしい」

兵部は失笑を漏らした。

征四郎が、

「としますと、大峰家に印旛沼干拓をさせまいとする大名家……いや、そんな大名家はないか。自分のところに下ろうという印旛沼干拓手伝い普請を避けようとするのが当たり前ですからな」

と、顎を掻いた。

「まさしく」

兵部も同意しつつ、

「ならば、やはり、家中の者の仕業であろうか。家中の者が、腕の立つ浪人を雇って、宗里さま暗殺を企てているのではなかろうか」

と、疑問を口に出した。

「何とも、判断のしようがない」

左膳は小さく舌打ちをした。

「父上の後の江戸家老、昼月殿に確かめてはいかがでしょうか」

兵部の提案を、

「秋月殿にな……実はわしもそう考えておったところじゃ」

左膳は受け入れた。

すると、

「もっとも、昼月さまといえば、暖簾に腕押しと申しますか、糠《ぬか》に釘《くぎ》と申しますか、まこと摑み所がないお方ですからな」

一転して兵部は危惧した。

「いや、あの御仁《ごじん》、芯《しん》はしっかりしておられる。本音を漏らされぬが、優柔不断は見せかけじゃ。それに、役目への責任感が強い。御家の帳簿に穴が空いておった一件も使途不明となって原因を究明できなかった責任を取り、自ら減封《げんぽう》しておられた」

という左膳の秋月への高評価に兵部は異を唱えた。

「使途不明で済ませたのは宗里さまや白雲斎さまの浪費を隠蔽《いんぺい》するためとは家中では公然の秘密。それが証拠に昼月さまは宗里さまから江戸家老に任じられ、禄も戻されたてはありませぬか」

征四郎も同意するように両目を見開いた。

「宗里さまが秋月殿を信頼しておられることは変わりない」

あくまで秋月を庇う左膳に、

「ならば、昼月殿のことは父上に任せますぞ」

兵部は言った。

左膳は意外そうな顔となり、

「おい、おまえ、すっかり今回の一件にのめり込んでしまったではないか」

「こうなるとは思ってもおりませんでした。しかし、乗りかかった舟でございます」

兵部の言葉に征四郎はうなずき、

「いかにも」

征四郎もやる気を示した。

「だがな、おまえたち、きつく申しておくが、決して逸《はや》るなよ」

左膳は釘を刺した。

「わかっております」

兵部は胸を張った。

「承知しております」

征四郎も答えた。

「ならば、藩邸に出かけるか。あまり、気が進まぬがな」

決まりが悪そうに左膳は言った。

すると、

「失礼致す」

間延びした声がした。

左膳は笑みを浮かべ、

「よかった。向こうから来てくださった」

と、秋月陣十郎の来訪を告げた。

五

羽織、袴に身を包んだ秋月は真っ白な頭に曲がった背中ながら、意外にもしっかりとした足取りで入って来た。

みな、背筋を伸ばした。秋月は穏やかな笑みをたたえながら、三人に挨拶をした。

「前触れもなく、訪問致したことを、お許しくだされ」

笑みを深めた秋月は、顔中皺だらけ、好々爺然《こうこうやぜん》としている。

「このようなむさ苦しい所においでくださり、恐縮でござる」

左膳も返した。

兵部と征四郎は席を外そうとしたが秋月が同席を構わぬと許したため、二人は隅に控えた。

「左膳殿、今回の騒動でござるがな」

秋月は切り出した。

左膳は黙って聞く。

「実に困ったことじゃ」

まずは、秋月は愚痴を言った。

「宗里さま、暗殺の企て、どの程度に信憑性《しんぴょうせい》があるのでしょうな」

左膳が問う。

「殿は必死で企てを暴《あば》けと躍起《やっき》になっておられる」

「さもあろうが」

左膳は言った。

「羽州風来組を下手人《げしゆにん》と見て、浪人どもを狩り出そうとしておりますな」

秋月は言った。

「そもそも、宗里さまを暗殺しようという輩《やから》、その動機でござるが、印旛沼干拓普請に手を挙げたことですか」

ずばり、左膳は問いかけた。

「そのようですな」

秋月は認めた。

「すると、家中で印旛沼干拓に反対する者が怪しいということになりますな」

左膳が言うと、

「それがしじゃな」

抜け抜けと秋月は言った。兵部と征四郎が目をむくと、

「それがしは勘定奉行を務めてきた。大峰家の台所事情はそれこそ隅から隅まで存じておるでな、印旛沼干拓の手伝い普請がどれほど無謀《むぼう》かというのは、わかり過ぎるくらいにわかっておるのじゃ」

秋月は表情を引き締めた。

「それは、そうでありますな」

左膳は笑った。

兵部と征四郎はすっかり秋月の調子に呑まれてしまった。

「つまり、反対の者を暗殺の首謀者《しゅぼうしゃ》として絞り込むのは不可能でござるな」

秋月は続けた。

「なるほど。宗里さまを恨む者も多数おり、それに加えて印旛沼干拓反対、と、つまり、宗里さまはあまりにも敵が多すぎるということですな」

左膳は苦笑した。

「さようですな。これほど、敵の多いお方もおりませぬぞ」

何がおかしいのか秋月は笑い出した。

左膳は顔をしかめる。

「それで、御来訪頂いたのはいかなる用向きでござりますか」

と、問いかける。

「ああ、そうでしたな」

秋月は笑みを引っ込めた。

「実は、もうひとつ怪しい火種が生《しょう》じたのでござるよ」

困ったと言いながら秋月はどこかうれしそうである。

左膳が黙って話の続きを待った。

秋月はおもむろに口を開いた。

「御落胤《ごらくいん》であるな」

「御落胤……」

左膳は驚いた。兵部も征四郎も、「御落胤」という言葉を繰り返し、押し黙った。

「大殿、白雲斎さまの落とし種《だね》でございますか。それは、わしは存じませんでしたぞ。大殿はそのようなこと、申されませんでした」

「遥《はる》か昔のことですからな」

秋月が言うには、今から二十五年前、白雲斎が国許の奥女中に産ませた男の子だという。

「清次郎《せいじろう》さまとおっしゃいましてな。中屋敷に逗留《とうりゅう》なさったところです」

秋月が言うと、

「白雲斎さまの落とし種であるという証《あかし》はあるのでしょうな」

左膳の問いかけに、

「脇差《わきざし》と御札《おふだ》ですな。御札には白雲斎さまの字で自分の息子だと認知しておられるとか」

秋月は言った。

「宗里さまは何とおっしゃっておられるのですか」

「弟であるのなら、対面をしたいと」

「清次郎さまは、何をお望みなのですか」

「特に何も申されておられませぬ」

秋月はそれだけに不気味だと危ぶんだ。

「何も欲しくはないと言う者程、困った者はおりませぬな。そうした者に限って欲は果てしない」

左膳の考えに、

「まさしく」

秋月は同意してから続けた。

「それが、更に悪いことは起きております」

秋月はこの時ばかりは危機感を募《つの》らせたような顔つきになった。

「清次郎さまを担ごうという一派が現れたのだ」

つまり、宗里への反発から、清次郎を大峰家当主としたいという声が上がっているのだそうだ。

「身から出た錆《さび》とは申せ、殿も御自分がこれほどまでに家中で嫌われていると、つくづくおわかりになったと思うがな」

秋月はおかしそうに笑った。

「まさしく、これで、多少は家臣を思って政をしてくだされればよいのだが」

左膳の期待に、

「そうはならないのが殿じゃ。殿は清次郎さまに、非常な警戒心を抱いておられる。家中に漂う不穏な空気も敏感に感じておられる。このままでは御家が二つに分かれてしまうのではという危惧も抱いておられる」

「それならば、寛容なる政をなされる好機と存じますぞ」

左膳は秋月に宗里への意見具申《ぐしん》を望んだ。

「それができれば殿ではなくなってしまうのですぞ」

「それはもっともですが」

「近頃では毒殺を警戒なさり、何人もの毒味を目の前でさせておられる。寝間にも誰も近づけない有様でござる」

という秋月の言葉に、

「そのご様子、目に浮かびますな」

左膳は皮肉ではないと言い添えた。

「まさしく、御家は揺れております」

秋月はそれだけ言うと立ち上がった。次いで、左膳に憂《うれ》いを含んだ視線を投げかける。外に出るのを左膳は見送った。

「御苦労、お察し申し上げる」

左膳が言うと、

「左膳殿、御家のために一働きをしてくださらぬか」

改まった様子で秋月は言った。

左膳は具体的な要望を聞こうと目で促した。秋月は声を潜めて言った。

「清次郎さまのお命を奪《うば》ってくだされ」

「…………」

左膳は無言で秋月を見返した。

「清次郎さまは、大峰家にとって災いの種となりますぞ。早めに処置をせぬことには御家騒動となりますでな」

淡々と秋月は述べ立てた。

「何故、わしが……」

「家中の者が清次郎さまを殺《あや》め、それがわかれば、御家は真っ二つになります。左膳殿、身勝手を承知でお願い致す」

身勝手な言い分を秋月は言い置いて立ち去った。

秋月の背中が昼間の月とは程遠い、望月《もちづき》のような存在となって左膳の脳裏に焼き付いた。

第三章　御落胤《ごらくいん》

一

秋月来訪後の翌七日、

「清次郎さまのお命を奪ってくだされ」

別れ際、秋月が発した言葉が脳裏にこびりつき、左膳は傘張りの仕事を何度かしくじった。

「御家老、お疲れのご様子ですぞ」

征四郎の声で我に返った。

「あ、いや、すまぬ」

失敗した傘を除《の》け、左膳は苦笑を漏らした。

征四郎は左膳の近くに寄り、

「昼月さま、帰り際に何か頼み事をなさったのではありませぬか」

と、勘繰った。

「いや、特にはない」

左膳は否定した。

「そうですかな、拙者、何かあったのではと、心配なのですが」

征四郎は、それ以上は踏み込んでこなかった。

「さて、あと、二十だぞ」

左膳はみなを励ました。

目標達成の目途《もくと》が立ち、みなも改めてやる気を示す。

すると、今度は大殿、大峰白雲斎から報せ《しら》が届いた。文面は至極簡単で、中屋敷に参れというものであった。

きっと、清次郎についてであろう。

作業の目途も立ったことだし、あとはみなに任せてよかろうと判断した。すると、そこへ長助がやって来た。

「旦那さま」

間の抜けた声で呼びかける。

しかし、左膳はその長助の声音にわずかながらにも危機を感じ取った。

案の定、

「内川さまが亡くなっただ」

長助の報告は予想外な驚きであった。

「なんじゃと」

声を小さくするのがやっとである。

征四郎がこちらに向く。左膳は征四郎と長助を伴《ともな》い、表に出た。長助が語るところによれば、内川は自宅近所の稲荷で切腹していたのだという。南町奉行所の調べでは、事件性はなく、生活に困窮していたから切腹に及んだのだろうという見方がなされたそうだ。

「長助、いま少し、調べてみてくれ。特に万蔵一家との繋がりだな」

左膳が頼んだのに続き、

「気になりますな。拙者も及ばずながら探索を」

征四郎は申し出た。

「兵部にやらせよう。あいつ、どうせ暇をかこっているのだから、退屈しのぎになるではないか。それに、今回の一件に首までどっぷりと浸かりおった」

左膳は征四郎には傘張りの現場を任せることにした。

「わしは大殿に呼ばれたゆえ、中屋敷に参る。すまぬが、傘張りの事は頼むぞ」

左膳は征四郎に梅木屋に納める傘を頼んだ。

長助は兵部の道場に向かった。


中屋敷、御殿の奥書院で白雲斎は待っていた。

「耳にしたか」

白雲斎の問いかけは簡潔である。

「清次郎さまのことでござりますな」

「その通りじゃ」

「白雲斎さま、身に覚えがあるのですか」

白雲斎は僅《わず》かに自嘲《じちょう》気味な笑みを漏らして言った。

「ある」

短く答えてから国許に帰った折、城中の奥女中に手をつけたと語った。

「お咲《さき》と申してな、領内のある村長《むらおさ》の娘であった」

お咲は行儀見習いとして鶴岡城の奥向きに奉公していたのだった。白雲斎の子を身籠ると、お咲は宿下がりをした。下がるに当たって、無事赤子《あかご》を生んだのなら報せよと白雲斎は言った。

「一度だけ、清次郎と会った。幼名は亀松《かめまつ》と名付けたのじゃがな」

白雲斎は目を細めた。

領内を巡検《じゅんけん》した折、村長の家に寄り、生後間もなくの亀松と対面した。白雲斎は亀松を引き取り、お咲を側室として遇《ぐう》することを申し出た。しかし、お咲は断った。お咲は自分が側室になれば、家中で無用の争いが起きるのではないか、それよりは領民として静かに暮らしたい、と願ったのだそうだ。

「それでも、放ってはおけぬ」

白雲斎は自分の血を受け継ぐ赤子を放ってはおけず、いくばくかの金子《きんす》と、世継ぎである宗里の身にもしものことがあったなら、大峰家に迎えるつもりで白雲斎の子である証となるよう、書付を羽黒権現の御札に入れて渡し、元服の際には脇差を贈ったのであった。

「その御札の書付と脇差、間違いないのでござりますな」

念押しをするように左膳は確かめた。

「間違いない。書付は二十五年前にわしが渡したものであった。また、十年前、亀松が元服の際、わしは脇差と清次郎という通称、宗泰《むねやす》という諱《いみな》を書き記した書状を国許のお咲に送ったのだ」

白雲斎は言った。

「今頃になり、亀松さま、長《ちょう》じて清次郎さまがどうして名乗り出られたのでござりますか」

左膳は問いかけた。

「それはな……」

白雲斎がここまで言った時、

「それについては、本人の口から聞くがよい」

と、言った。

「では、清次郎さまに会わせて頂けるのですか」

「うむ。間もなく参る」

白雲斎の言葉に左膳は身構えた。

思いもかけない御落胤との対面である。

宗里暗殺の企てが進行している最中とあって、降って湧いたような清次郎の出現が関連しているのではと勘繰ってしまう。

すると、

「清次郎にござります」

と、縁側で声がした。

凜とした張りのある声である。

武士の品格が備わっているようだ。

「入れ」

白雲斎が声をかけると、若侍が入って来た。

二

長身でがっしりとした身体、浅黒く日焼けした逞《たくま》しい顔である。切れ長の目が白雲斎の血を受け継いでいるようだ。宗里とはあまり似ていない。むしろ、短気な性格を思わせる神経質そうな顔立ちの宗里とは正反対といえる。

国許の農村でのびのびと育ったのが、そうさせているのかもしれない。

地味な紺地無紋の小袖に袴という飾り気のない出《い》で立《た》ちが人柄を表しているようだ。

と、左膳は清次郎の手に目がいった。ごつごつとしたいかつい手だ。武芸の鍛錬《たんれん》によるというより……そう、農民の手である。田を起こし、畑を耕した手に違いない。清次郎は領内の村長の家で育てられた。村長の息子という立場に甘んじず、自ら懸命に野良《のら》仕事を行ってきたことを物語っていた。

白雲斎が左膳を紹介した。

「来栖左膳でござります」

左膳は慇懃《いんぎん》に挨拶をした。

「清次郎です」

清次郎は言葉短《みじか》ではあるが、折り目正しく挨拶をした。少しも威張《いば》らない、爽《さわ》やかな若侍といった風だ。

「来栖は、わけあって今は大峰家を離れておる。じゃが、わしが最も信頼を寄せる者じゃ。頃合いをみて帰参させようと思う」

白雲斎は言った。

左膳は黙って聞き流した。

「清次郎さま、鶴岡の国許でお育ちになられたのですな」

「まこと、よき地ですな」

清次郎は口元に笑みをたたえた。

白雲斎が、

「清次郎、そなたの半生と、江戸に出て参った経緯を左膳に話してやれ」

白雲斎に命じられ、「承知しました」と清次郎は応じてから語り出した。

それによると、清次郎は白雲斎の子であると全く知らず、十五歳まで過ごしたのだそうだ。村長の家といっても農民である。物心ついた頃から、野良仕事を手伝うようになった。田圃《たんぼ》や畑の草取りや家の掃除、十歳になると田植えを手伝い、鎌《かま》や鋤《すき》で畑を耕した。

村の子供たちと野山を駆け回り、お寺で手習いを教わりもした。

「それが十五になった時でした。爺さまとおっかあ、いや、母から呼ばれたのです」

その時、おまえの父は鶴岡のお殿さまだと聞かされた。

「一体、何のことかと、わたしは驚くばかりで理解できませんでした。父はわたしが生まれて程なく、病で死んだと聞かされていたからです」

清次郎はお咲から白雲斎の書状と脇差を見せられた。

そして、問われた。

もし、清次郎が大峰家に入りたいのなら、江戸のお殿さまに連絡をしてお願いをする。

「わたしは、答えようがありませんでした」

その時のことを思い出してか、清次郎は苦悩の色を浮かべた。

無理もない。

十五になるまで農民だと思って暮らしてきたのだ。それが突如《とつじょ》として殿さまの息子だと聞かされても戸惑《とまど》うばかりだ。

「わたしは、しばらく考えさせて欲しいと言いました。そして、まずは武士について学びたいと思ったのです」

清次郎は武士を知りたいと申し出た。

村長は清次郎の願いを受け入れ、

「草薙法眼の下《もと》で修行させたのだそうだ」

白雲斎は言った。

草薙法眼は修験者であり、一流の武芸者であった。武芸ばかりか、学識もあり、左膳もその薫陶《くんとう》を受けたことがあった。羽黒組の者たちも草薙の下で修練を積むのだ。

「わたしは、お師匠さまの下、一から武芸と武士の心得、武士として身に着けておかなければならない所作《しょさ》、学問を学びました。こう申しては何ですが、武士の血が騒いできたと申しますか、わたしは修行を積めば積む程、武士の血がたぎり立ったのでございます」

語るうちに清次郎の表情は生き生きとなり、声の調子は高まった。自分でも興奮しているのに気づいたようで、清次郎はしばらく間を取ってから話を続けた。

「ですが、わたしは大峰家中に入りたいとは思いませんでした。山出《やまだ》しのわたしが、突如として大峰家に入ったとしましても、大峰家の迷惑、父は幕閣の役職をお勤めで、江戸を留守にしておられました」

清次郎の言葉を引き取り、

「わしは大坂城代であったな」

と、白雲斎は言った。

「それでは、いかがされたのですか」

左膳の問いかけに、

「しばらくは、草薙先生の下で修行をする傍《かたわ》ら、お手伝いをしました」

草薙の身の周りの世話をし、修行を続けた。

「もちろん、野良仕事も怠りませんでした」

逞しく成長した清次郎は、二十二歳で回国修行の旅に出たそうだ。

「草薙先生の紹介状を持ち、全国の道場、修験道の霊場を廻りました」

しかし、昨年、流行《はや》り病で爺とお咲が相次いで亡くなった。

「お師匠さまの下で修行を始めて十年が経ち、その間、村を留守にして、わたしは村の窮状《きゅうじょう》を知りました」

回国修行の折、鶴岡藩の状況は耳にしていた。幸いにして鶴岡は災害もなく飢饉の心配はない、と。それで安心していたのだが、

「領内の年貢の取り立てが殊の外に厳しくなっていると知ったのです。お国許の藩士のみなさんの禄も三年間、半分を借り上げるというお達しが出たとか。そのくせ、江戸の者たちは贅沢な暮らしぶりをしている、殿のお気に入りの者たちは甘い汁を吸っているというのです」

鶴岡城下は不満の声に満ち溢れていたそうだ。

「お師匠さまは、わたしに立ち上がれ、と、申されました」

草薙は領民のため、鶴岡藩士のために、江戸に出て宗里の政を正すよう求めたのだそうだ。

「それで、わたしはお師匠さまと共に江戸にやって来たのです」

「草薙殿もご一緒なのですか」

驚きを以って左膳は問いかけた。

清次郎はうなずいた。

「草薙殿にわしが教えを受けたのは、二十年も前でありました。あの時、古希を迎えられたとおっしゃっておられたが、さすれば齢九十……いやはや、まさしく羽黒仙人の二つ名通りのお方ですな」

左膳は感心して白雲斎を見た。

「挨拶を受けたが、実にかくしゃくとしたものであったぞ」

白雲斎も草薙の仙人ぶりを称えた。

「今は、どちらに」

左膳は懐かしさを覚えた。

「中屋敷に逗留しておるが、江戸は久しぶりとあって、あちらこちらに出掛けておるようじゃ」

おかしそうに白雲斎は笑った。

「左膳殿、わたしは決して大峰家の跡を継ごうとか、大峰家で過して欲しいと望むものではないのです。わたしは、領内の窮状を兄上、あ、いや、兄弟の名乗りも上げぬうちに気安く兄上などとは呼べませぬな……殿に訴えたいのです。会ったこともない殿に対してまことに無礼とは存じますが、血を分けた兄弟の誼《よしみ》で、是非にもお聞き届け頂きたいのです」

　真摯《しんし》に清次郎は訴えた。

「では、宗里さまとの会見の場でそれが聞き入れられなければいかがなさいますか」

　それが肝心なことだと左膳は思った。

　白雲斎も清次郎を見た。

「聞き入れくださらない場合は、わたしは国許に帰ります。そして、国許で領民たちと共に懸命に働きます」

　決して宗里とは争わないと、清次郎は強い口調で語った。

「なるほど、それはまことに賢明なる対応と存じます。ですが……」

　左膳は白雲斎を見た。

　白雲斎は左膳の危惧を察し、

「江戸においても宗里の政への不満の声は高まっておる。よって、そなたを担ごうという一派が形成されつつある。そなたを神輿《みこし》として担ごうという者どもじゃ。その者たちが黙って、そなたを国許に帰すまい」

「そんなことはさせませぬ。わたしは大峰家中に波風を立てるためにやって来たのではありませぬ」

清次郎は主張した。

「そなたにその気がなくても、そうならないのが人の世じゃ」

欲が絡んでは思うようにならないと白雲斎は嘆いた。

「わたしは、そのようなことはさせませぬ」

断固として清次郎は主張した。

この時、左膳の脳裏に秋月の依頼、清次郎さまを殺《あや》めて欲しいという言葉が浮かんだ。清次郎は真っ直ぐな人柄のようだ。領民のため、大峰家の家臣のためなら、身命《しんめい》を賭《と》する覚悟なのかもしれない。そうなれば、家中は真っ二つとなり、御家騒動に発展する。

その禍根《かこん》を絶つという観点に立てば、清次郎には死んでもらった方がいい。

しかし、そんなことはできない。

何かよい手立てがあるはずだ。

たとえば、清次郎を家中で然《しか》るべき待遇を以って迎えてはどうだろう。禄を与え、政にも関与できるようにする。そして、その立場で宗里に意見具申をし、宗里の極端な人事と政の歯止めの役割となる。

いや駄目だ……。

それでは、家中は二つに割れたままとなろう。清次郎は自分が望まなくとも、反宗里派の旗頭《はたがしら》となり、いさかいが生じるのは明らかだ。

これは難題である。

「清次郎さま、宗里さまに意見を具申なさるそうですが、具体的なお考えをお聞かせ願えませぬか……あ、いや、出過ぎたことを申しました。わしは最早《もはや》大峰家とは関わりのない者です」

左膳は詫びた。

しかし、

「構いませぬ。むしろ、左膳殿にご意見を賜《たまわ》りたい」

清次郎は懐中から書付を取り出し、左膳の前に置いた。左膳は白雲斎を見た。

「わしは同じものを読んだ」

とだけ言った。中味に対する意見を白雲斎は述べない。

左膳に先入観を与えないためであろう。左膳は書付を受け取り、清次郎に一礼してからゆっくりと読み始めた。

清次郎の意見具申は国許の領民への手厚い保護、領内の治水《ちすい》工事、殖産興業《しょくさんこうぎょう》、鶴岡湊から出荷する紅花についての栽培計画などが書き記されていた。

そして、藩士の領内での殖産活動への従事、武芸修練の充実なども手がけ、藩校の充実、藩校からの家中の役職者への登用、あるいは、優秀なる者の長崎留学、各村への医者の派遣などが盛り込まれてもいる。

まこと、理想に燃える若き藩主といった風である。

「畏れ入りましてござります」

左膳は賞賛した。

「いや、これが机上《きじょう》の空論であるのはよくわかっております。実務に携わる立場の者からすれば、甘いと思われても仕方がありませぬ。ですが、理想は高く掲《かか》げなければならないと、お師匠さまからも教わりました」

頬を紅潮させ、清次郎は言った。

「ごもっとも」

左膳はうなずく。

白雲斎が、

「清次郎の申すこと、若いとか青臭いと片付ければそれまでじゃが、今、こういう精神が失われておるのも事実じゃ。宗里や家中の者どもの刺激になると思うがな」

と、目を細めた。

「わたしは、殿が聞き入れてくださるかどうかはともかく、これをぶつけてみようと思います」

断固とした決意を清次郎に示した。

清次郎の純粋な気持ちが宗里に届くだろうかという懸念もさることながら、問題は大峰家中の動きである。

この清次郎の出現と清次郎の意見書は、大いなる波紋を投げかけるに違いない。

「宗里さまは、清次郎さまにお会いになるのですか」

左膳の白雲斎への問いかけに、

「明日にもこの屋敷に参れと申したが、宗里は浅草の料理屋を指定しおった」

苦々《にがにが》しそうに顔を歪めた。

宗里は公式に弟と対面するのを認めたくはないのかもしれない。

「わたしは何処でも参ります。殿の御指定の刻限《こくげん》、場所で一向に差支えございませぬ」

清次郎は言った。

「清次郎がこのように申しておるのじゃ、宗里の好きにさせる」

白雲斎は認めた。

「その場には白雲斎さまが立ち会われるのですな」

左膳の問いかけに、

「そなたも加わるのじゃ」

有無《うむ》を言わせない態度で白雲斎は命じた。

「それでは、宗里さまは不快に思われるでしょう」

左膳の訝しみを、

「気に致すな」

白雲斎は事もなげに言った。

三

その頃、兵部と長助は内川藤次郎の住まいへとやって来た。武士と従者という体裁《ていさい》で、怪しむ者いない。

長屋の奥まった内川の住まいはがらんとしている。身寄り頼りもないとあって、野《の》辺《べ》の送りもされていないようだ。

長助が大家を訪ねた。

「内川さまの身寄りの方でいらっしゃいますか」

大家は柔和《にゅうわ》な表情を浮かべた。媚《こ》びたような笑みを浮かべている。

「いや、身内というわけではない。内川が仕官しておった大峰家中で一緒であった」

兵部が答えると、

「さようでございますか。大峰さまの御家中にいらしたんですね。それでしたら、その……」

大家は滞納《たいのう》していた内川の家賃を払って欲しいと頼んだ。兵部は左膳からそんなこともあろうと託された金を支払った。

「こ、これは過分な」

大家は目を白黒させてそれを受け取った。

「構わぬ。余った分で弔《とむら》いの真似事でもやってくれ」

今度は兵部が頼むと、大家はわかりましたと殊勝《しゅしょう》にうなずいた。

「それから、ちとばかり内川の暮らしぶりを確かめたいのだが」

「内川さんといやあ、長屋の者ともあまり付き合いはござんせんでしたね。お酒がお好きで、それで、お金が入ると全部お酒に消えるってご様子でしたよ」

大家の言葉は狐目の万蔵の言葉を裏付けるものである。

「ずっと、金欠《きんけつ》であったのか」

もし、内川が万蔵一家の賭場の上がりを奪ったのなら、たとえ、その金には手をつけずとも、しばらくの間、不自由なく酒が飲めるくらいの銭金は受け取ってしかるべきではないだろうか。

「それが、最近ですがね、あたしが家賃の催促に行ったんですよ。そうしましたら、近々家賃はまとめて払う、福の神が現れた、などとおっしゃったんです。どうせ、酒の上の大言《たいげん》だと思って本気にはしなかったんですがね、それが、菊屋《きくや》さんのつけの支払いを内川さまのお連れのお侍さまがしたっていうじゃありませんか。こりゃ、ひょっとしてって、期待したんですけどね」

大家は肩を落とした。

長助がちらっと兵部を見た。兵部はかるくうなずく。その福の主は左膳なのだが、内川が言っていた福の神とは違う。高々、縄暖簾のつけを払ったくらいの左膳を福の神と崇《あが》めはしないだろう。

「福の神か……」

兵部は繰り返した。

「福の神と思ったら、とんだ貧乏神だったのかもしれませんね。そうだとしたら、ほんと、お気の毒だ」

一転して大家は同情した。

「ところで、内川が死んだ前の日の様子、何か気づいたことはなかったかな」

兵部が確かめると、

「そうですね。普段通り、酒を飲んでいましたけども……」

思案を巡らすように大家は首を傾げた。

「どんなことでもいい」

兵部は促す。

「そういえばですね、酒を飲んでいらしたんですが、これがいい酒なんですよ。上方の下り酒なんですがね、内川さんらしくはない、いい酒なんですよね。いや、こりゃ、死ぬ覚悟をされたんで、せめて清酒でもってこの世の名残《なごり》なのかもれませんがね……」

大家は言った。

「楽しげであったのか」

「楽しそうでしたね。それで、あたしが、何か良いことでもありましたかって訊いたんですよ。そうしましたら、内川さんは……今日にも福の神がいらっしゃるって、おっしゃったんです」

「福の神、どんな者だった」

「いや、それが、来客なんかなかったような気がしますよ」

大家は首を捻《ひね》った。

「それなのにか」

兵部も首を捻った。

「ところで、内川はこの近くの稲荷で腹を切ったのだったな」

「そうですよ」

怯《おび》えるように大家は首をすくめた。

「内川が外に出て行くのを見なかったのか」

「さて、それは」

大家は気がつかなかったと答えた。

「ならば、福の神もこなかったのか」

「そうですよ。内川さんのお宅を訪ねたお客はいらっしゃいませんでしたね」

大家は考え考え証言をした。

「ならば、どうしてわざわざ稲荷で腹を切ったのだろうな」

兵部の疑問に、

「さて、ひょっとしたら、うちを血で汚さないようにって気遣ってくださったのかもしれませんがね」

首を傾げつつ大家は答えた。

「そんな気遣いをするものかな」

兵部は疑問を呈した。

ここで大家の顔が引き攣《つ》った。

「お侍さま、まさか、内川さまが殺されたってお考えですか」

そりゃ、いくら何でも物騒《ぶっそう》だと、大家は怯え始めた。

「そうは決めつけてはおらぬ。ただ、内川が切腹したのはあまりにも唐突《とうとつ》に思えてきたのだ」

「そう言われてみればそうですけど……」

大家はよくわかりませんと、ため息を吐いた。

兵部は礼を言って家を出た。

「長助、内川が切腹した稲荷に行ってみるか」

兵部の問いかけに長助は、「こちらです」と案内に立った。

稲荷は長屋から半町程、北に向かったあたりにあった。「伊勢屋《いせや》」「稲荷」に「犬の糞《くそ》」と江戸の何処《どこ》にも見られる稲荷である。

小ぢんまりとした敷地に古びた祠《ほこら》があるだけだ。祠には近所の者が交代で御神酒《おみき》と油揚げを備えているようだ。

内川の血痕《けっこん》があったであろう場所は水で洗い流されていた。

兵部と長助はその前で手を合わせた。

「内川が、どうして稲荷で腹を切ったのだろうか、だな」

兵部はこの疑問を繰り返した。

「来客というのが気になりますだ」

長助は言った。

「その客、ついには来なかったのだな……いや、その客とここで落ち合ったとしたらどうだ」

兵部の考えに、

「そうかもしれねえだ」

「ところが、内川は大家には福の神が来ると申した。ということは、やはり、家で迎えるつもりでいたのだ。それが、急にこの稲荷に場所が変更になったとすると、福の神から連絡が入ったのかもしれぬな」

兵部の推察に、

「そんだんべ」

長助も賛同した。

「調べてくれ」

兵部が言うと、

「わかったべ」

長助は飄々《ひょうひょう》と受けた。

「内川、一体、何があったのだ」

兵部はあの世の内川に語りかけるかのように呟いた。

兵部は道場に戻った。

征四郎が待っている。

「傘張りが間に合いそうですぞ」

うれしそうに征四郎は報告をしたが、その本音は内川の死について、何かわかったのか知りたいに違いない。

兵部は内川の家を訪ねたこと、その長屋の大家から聞いた話をかいつまんで話した。

「稲荷に呼び出した者がおるということですか。その者が、内川が申しておった福の神ということですか」

征四郎も思案をしながら問いかけた。

「おそらくはな」

「それは羽州風来組の仲間ということなのでしょうか」

「その可能性もある」

兵部は言った。

「羽州風来組、そういえば、このところ、なりを潜めておりますな」

征四郎に指摘され、

「それもそうだな、いよいよ宗里さま暗殺に動くのかもしれぬ」

兵部は危ぶんだ。

「まさしく」

征四郎も危機感を募らせた。

「宗里さま、藩邸より外に出るご予定はあるのかのう」

「さて、登城はなさったばかりですから、墓参、あるいは、清次郎さまと……」

征四郎が思案を巡らすと、

「それだ」

兵部は両手を打った。

四

その夜、左膳は母屋の居間で兵部から内川切腹について報告を受けた。

「なるほど、内川がな……」

左膳は思案するように眉根《まゆね》を寄せた。

「父上、これは飛躍《ひやく》のし過ぎかもしれませぬが、羽州風来組ども、宗里さまを暗殺するに、清次郎さまとの面談の場を考えておるのではござりませぬか」

兵部らしい、性急な結論づけであるが、

「あるいは……」

左膳ももしやと危ぶんだ。

「いかがされました」

兵部は左膳の気持ちの動きを敏感に察知した。

「近々、宗里さまは清次郎さまと浅草の料理屋で対面をなさる。わしにも立ち会うよう白雲斎さまから頼まれた」

左膳の言葉に、

「これは……」

兵部は危機意識を高めた。

「まだ、そうと決まったわけではないが用心すべきだな。もっとも、宗里さまのこと、十分に用心をなさるであろう」

左膳ははやる兵部を宥《なだ》めるように言った。

落ち着きを取り戻し、兵部は問いかけた。

「清次郎さまとはどのようなお方だったのですか」

「まずは、武士らしいお方と申すか、非常に誠実無比なお方であったな」

大峰家の中屋敷で会った時のことを左膳は語った。

「ほう、草薙殿の下で修行をなさったのですか。わたしも修行したかったものです」

羨ましそうに兵部は言った。

「江戸に参っておられるそうだ。あ、そうだ、宗里さまと清次郎さまの対面の場に来られる、わしから頼んでやろうか」

　左膳の言葉に、

「是非にも」

　兵部は一人の剣客に戻り意気込みを示した。

「清次郎さまには野心はないようだ。ただ、宗里さまとの兄弟の名乗りを上げ、御自分の意見を具申なさりたいとのことだ」

「意見とは……」

「領国を豊かにする、すなわち領民を富ませる、という考えだな」

　左膳は清次郎の意見書につき、かいつまんで話した。

「まこと、ご立派なお考えですな。失礼ながら政のお考えといいお人柄といい、宗里さまとは正反対、まるで水と油だ。いや、宗里さまには政に対するお考えがない。あのお方はひたすら老中への道を目指しておられるばかり……大殿、白雲斎さまのお血を引かれたのは清次郎さまの方かもしれませぬな」

　兵部は遠慮会釈なく、宗里を批判した。

　左膳はそれを聞き流し、

「問題は清次郎さまのご意思と関係なく、清次郎さまの存在の大きさだ」

「清次郎さまを担ごうとする者が現れるのですな……いや、既に現れているのでしょう。宗里さまに不満を抱く者たちは、大峰家には五万とおりましょうからな。御家を変える、好機到来となるのではございませぬか」

兵部の考えに、

「まさしく、その通りだ」

「羽州風来組は清次郎さまを担ぐ者たちと関わっておりますな」

またも兵部らしい決めつけをした。

「決めつけはよくないぞ」

左膳はたしなめたが、

「決まっておりますぞ」

兵部は譲らない。

左膳が意見を言おうとしたところで、

「ただ今、戻りましただ」

長助が戻って来た。

「おお、長助、何か調べてきたようだな」

兵部は期待を寄せた。

長助は風呂敷をよっこらしょと置いた。

「今日は何だ」

兵部が尋ねると、長助は風呂敷包みを開けた。風車《かざぐるま》である。手先の器用な長助は風車をこしらえ、売ったり、探索の際の聞き込みに使う。

今回、内川を稲荷に呼び出した、福の神の素性を探るのに、長助は近所の子供たちに風車を餌に聞き込みを行った。子供に風車を与えることで、その母親の話を聞き出したのだった。

「女房連中は、話し好き、噂好きだんべ」

長助はぼそぼそっと語った。

長助によると、内川の長屋の女房たちから話を聞くことができたそうだ。昼間は誰もが、切腹などした内川との関わりを避けていた女房たちだったが、長助には心を開いたようだ。

それによると、内川の家への来客といえば、やくざ者くらいだそうだ。他には身形《みなり》の立派な侍が一人あったが、これは左膳のことである。やくざ者は狐目の万蔵一家の者で間違いない。つまり、やくざ者が頻繁《ひんぱん》に出入りしていたのは、半年前まで、内川が万蔵一家の用心棒に雇われていた頃である。その後は、家に入ることなく、様子を窺ったり、たまに万蔵らしき男が訪れていた。

「そんで、切腹なさった当日、誰か来客なんかねえかと思ったですが、子供が書付を渡されたそうだんべ」

長屋の近くで遊んでいた子供が飴《あめ》を餌に書付を内川に届けるように頼まれたのだそうだ。

「その者が福の神だ」

兵部は断じた。

左膳は顔をしかめて、

「子供に書付を渡したのはどのような者であったのだ」

と、問いかけた。

「べんけい……」

長助の答えに、左膳と兵部は訝しんだ。

「べんけい、とは何だ」

兵部が問い直す。

「源《みなもとの》義経《よしつね》の家来《けらい》の弁慶《べんけい》だんべ」

長助は言った。

「なんだと」

兵部は憮然《ぶぜん》とした。

左膳は至って冷静に、

「子供は弁慶だと申した。つまり、子供からは弁慶に見えた男ということだ。弁慶というと……」

左膳の言葉に兵部はうなずき、

「荒法師《あらほうし》ということか。長刀《なぎなた》を担ぎ、高下駄で闊歩《かっぽ》しておったのか」

「あるいは、勧進帳《かんじんちょう》だな。つまり、山伏《やまぶし》の格好だ」

左膳の考えにうなずき長助は答えた。

「山伏を見たようだったべ」

「だったら、最初から山伏と申せ」

兵部は舌打ちしてから、山伏と内川の関係を訝しんだ。

「もしかして……」

左膳は危《あや》うそうな顔をした。

兵部が責めるような視線を向けてきた。

「草薙殿じゃ。草薙殿の配下の修験者、つまり山伏ということは考えられないか、と思ってな」

左膳が言うと、

「そうか、これで決まりだな。内川はやはり、羽州風来組に加わっていた。そして、羽州風来組を操《あやつ》るのは草薙法眼だ。草薙法眼は清次郎さまを担いで、御家乗っ取りを計っておる、うむ、これで絵図はできた」

一人、兵部は税《えつ》に入った。

「待て、そう早合点《はやがてん》を致すな」

左膳の諫《いさ》めも、

「いや、父上、これはもう決まりでござりますぞ」

兵部の耳には届かない。

「困った奴じゃな」

左膳の嘆きを、

「父上、明日、宗里さまと清次郎さまの面談の場で、草薙法眼の陰謀《いんぼう》を叩きのめしてくだされ」

と、頼んでから、

「おれも行きますよ」

と、意気込んだ。

「おまえは、呼ばれておらぬぞ」

左膳は顔をしかめた。

「ならば、料理屋の庭にでも潜んでおります。なに、父上には迷惑はかけませぬ。おお、そうだ。征四郎殿にも助力を頂こう。何しろ、草薙法眼は名うての武芸者ですからな。配下の者もおりましょうから、征四郎殿がおれば心強い。大峰家中の者、ろくに武芸の鍛錬をしておりませぬから頼りにはなりませぬ。征四郎殿も回国修行の成果を試すことができ、お喜びになると存じます」

その気になった兵部は勇み立っている。

「ならぬ」

厳しい表情と声音で左膳はぴしゃりと言った。

さすがに兵部は真顔になり、

「何故でござりますか」

と、真顔になって問い直した。

「草薙殿の関与、不確かであるのだ。しかも、明日は宗里さまと清次郎さまの兄弟の名乗りを上げる場であるぞ。それを血で汚すことはできぬ」

「ごもっともですが、草薙殿が企みの黒幕と確かめてからでは、遅くはござりませぬか。対面の場は、宗里さま暗殺にまたとない好機でござりますぞ」

浮かれた調子はなりを潜め、兵部は言い立てた。

「むろん、その用心もせねばならぬ」

左膳は返す。

「ならば、料理屋の近くで待機させて頂きたいと存じます」

こればかりは譲れないという調子で兵部は言い立てた。

「しょうのない奴だな」

渋々、左膳は認めた。

「役目、果たします」

兵部は強い意思を示すように胸を張った。


二日後の九日、左膳の家では美鈴が草むしりをしていた。百日紅の木の周辺に生い茂った雑草をきれいにしようと張り切っている。

手拭を姉さん被りにし雑草と奮闘する美鈴を近所の子供たちが手伝ってくれている。

手習いを教えている子供たちだ。

日盛り、百日紅の影に入っているとはいえ、屈《かが》んでいると地べたを焦がす熱気に草をむしる手が緩慢《かんまん》になってしまう。汗だくとなって草をむしる美鈴を嘲笑《あざわら》うかのように蟬が鳴いていた。

梅木屋の傘は鈿女屋の希望する十日よりも早く昨日に届けた。今日は彩り豊かな張《はり》替傘《かえがさ》が開かれているのが目の保養になり、せめてもの慰みだ。

「みんなありがとうね。終わったら西瓜《すいか》を食べようね」

美鈴が言うとみなはしゃいだ声を上げた。

そこへ、

「失礼致します」

と、声がかかった。

「は〜い」

立ち上がって声の方を見ると若い侍が立っている。菅笠《すげがさ》を被り、地味な小袖に裁着け袴という出で立ちだ。

若侍は菅笠を取り、

「鶴岡から参りました、清次郎と申します。来栖左膳殿はご在宅でしょうか」

朗《ほが》らかな声で清次郎は問いかけた。浅黒く日焼けした健康そうな若侍である。

美鈴は知る由《よし》もないが、清次郎が大峰姓を名乗らなかったのは、宗里とまだ対面を済ませていないための遠慮であろう。

「父は不在です。ですが、間もなく戻ると思いますので、お待ちになりますか」

鶴岡と聞き、美鈴は鶴岡藩の国許の家臣かと思った。江戸での暮らしが長く、美鈴は国許に馴染みがない。

「では、待たせて頂きます」

一礼して清次郎は木戸から足を踏み入れた。干されている番傘を眺め、

「これは、美しい……」

感に堪えない声と共に紺色の傘を取り、しげしげと見入った。

「拙者、左膳殿が傘張りの名手と耳に致し、是非にも学びたいとやって来たのです」

声を弾《はず》ませ、清次郎は言ってから美鈴と子供たちが草取りの最中だと気づいた。

「すみませぬ、邪魔をしましたな」

開いたままの傘を地べたに置くと、清次郎も草取りを始めた。

「あっ……そんな……おやめください」

慌てて美鈴は止めたが、

「お気遣いなく。今の時節、国許では毎朝やっていますから。朝飯前ですよ」

軽口を叩くと清次郎は懐中から手拭を取り出し、頰被りをした。地べたに屈み、草をむしり始めた。見る見る、雑草がむしられ、子供たちも嬌声《きょうせい》を上げた。むしった草を子供たちに箒《ほうき》で庭の隅に掃き寄せさせた。

四半時《しはんとき》と経たず、庭はきれいになった。

美鈴は感謝し、西瓜を出した。

母屋の縁側で清次郎も子供たちに混じり、西瓜を食べた。切った西瓜を巡り、こっちの方が大きい、自分のは小さいと不満を言い立てる子供たちを清次郎は宥め、

「では、これを食べろ」

自分の西瓜を手で二つに割り、不平を言い立てた子供に与えた。

子供たちはすっかり清次郎になつき、ごく自然と、「お兄ちゃん」と呼んだ。西瓜を食べ終わると、清次郎は子供たちと遊んだ。

一時《いっとき》程も、清次郎と子供たちの楽しそうな歓声が上がり続けた。

結局、左膳は帰宅せず、清次郎は西瓜の礼を言って帰宅した。

五

水無月十五日の昼前、左膳は指定された浅草の料理屋、花膳《はなぜん》へとやって来た。その離れ座敷が対面の場である。

渡り廊下で繋がれた離れ座敷は、木々に囲まれ、それがいい具合に影を形成し、夏の日差しを凌《しの》いでくれる。軒先の風鐸《ふうたく》が涼《りょう》を感じさせ、風雅《ふうが》な様子を醸《かも》し出していた。

左膳が渡り廊下を通ろうとすると、

「これは、御家老」

と、大峰家の家臣たちが左膳を囲んだ。

大刀は女将に預けた。刀部屋に置かれているはずだ。

「家老ではない」

むっとしながら返す。

「それも」

頼み辛そうに家臣は左膳の脇差を預かろうとした。

「たわけが、わしは大峰家を辞《じ》したが、武士まで辞《や》めたわけではない」

左膳は胸を張った。

家臣たちはたじろいだが、

「お言葉、わかりますが、殿のご命令ですので」

と、困ったように頼んできた。

「ならぬ」

断固として左膳は断った。

するとそこへ、

「構わぬ」

と、秋月陣十郎がやって来た。

家臣たちに向かって、

「殿とて、武士に脇差を取らせるような無体《むたい》はなさるまい」

と、間に入った。

家臣たちは引き下がった。

「かたじけない」

と、礼を言ってから左膳は離れ座敷に向かおうとした。その袖を秋月は引っ張り、

「まこと、本日はおめでたい、またとない日和《ひより》ですな」

と、青天の空を見上げた。

脇差を残したのは、それで、清次郎を刺せ、と言っているようだ。

「しばらくは、このような天気に恵まれましょうな。そうなると、わしは商いが上がったりです」

傘の注文が減る、と惚《とぼ》けた顔で左膳は言って廊下を歩こうとした。

すると、家来たちが騒ぎ立てた。

裏木戸で竹籠を担いだ農民らしき男たち数人と家来が押し問答をしている。農民たちは花膳に青物を届けに来たようだ。秋月が、

「よい、入れてやれ」

と、許した。

農民たち五人ばかりが辞を低くして裏木戸から入って来た。

「但し、許しがあるまで台所から出るでないぞ」

秋月は釘を刺した。

離れ座敷には既に白雲斎が待っていた。白雲斎に挨拶をして座った。清次郎の姿はない。

「次の間におる」

　白雲斎に言われ、

「草薙殿も一緒ですか」

　と、訊くと襖ががらりと開いた。

「おお、これは、草薙殿」

　左膳は声をかけた。

「しばらく」

　野太い声で草薙は軽く会釈をした。

　脇に清次郎が座している。今日の清次郎は兄との対面を意識してか、黒紋付の羽織を重ねていた。紋は大峰家の家紋、杉に鑓《やり》が描かれてある。

「左膳殿、本日はわざわざの御越し、まことに恐縮でござる」

　清次郎は丁寧に挨拶の言葉を発した。

「清次郎、本日は、宗里にそなたの思いを腹蔵《ふくぞう》なくぶつけよ」

　お墨付きを与えるように白雲斎が告げた。

「わたしもその覚悟でござります。と、申しましても、兄上と喧嘩するつもりはござりませぬ。まずは、兄との対面がつつがなく終わるのを念ずるばかりでござります」

清次郎は言った。

「その通りであるな」

白雲斎が返した時、女将がやって来て、宗里の到着が四半時《しはんとき》ばかり遅れると告げた。

「ふん、宗里め。用心しながら、安全と見定めてからでないと来ないのだろう。臆病者めが」

白雲斎はくさした。

「わたしは、会って頂く立場、兄上が会ってくださるまでいつまでもお待ち申し上げます」

清次郎はあくまで謙虚さを失わない。

「よう、申した」

白雲斎はうなずく。

左膳は草薙に視線を移した。薄闇の中に座す草薙はまるで仙人のようにうつろな感じがする。

「草薙殿、内川が亡くなりました」

清次郎が告げると草薙は無言で合掌《がっしょう》した。草薙は清次郎に耳打ちをした。

「左膳殿、お師匠さまは、咽喉を痛めておられ、声がよく通らないのです。短い言葉なら大丈夫なのですが、やり取りはわたしが間に入ります」

清次郎は長年に亘り身の回りの世話をしてきたせいで、草薙の言葉、考えがわかるのだろう。

「内川と江戸で会いましたか」

この問いかけには草薙は首を左右に振った。

「配下の者がおりますな」

この問いかけには草薙ではなく、清次郎が答えた。

「お師匠さまのお弟子さん方は江戸に来ております。それが、何か」

清次郎は無邪気な様子で問いかけてきた。

「何処におるんですかな」

左膳は問いかけを続けた。

清次郎は草薙に耳を近づけた。二度、三度、うなずいてから、

「市中のあちらこちらに逗留しておるようです」

「あちらこちら……」

左膳は苦笑を漏らした。

「お師匠さまも、お弟子方みなさんの居場所まではわからないのではありますまいか。

しかし、どうしてそのようなことをお訊きになるのですか」

清次郎は訝しんだ。

「その弟子の一人が内川を訪ねたのではないでしょうか」

左膳は草薙を見た。

草薙は黙っていたが、

「知らぬ」

自分の言葉で言った。

清次郎が、

「お弟子が、内川という御仁を訪ねたら、何か不都合なことがあるのですか」

と、訝しんだ。

「内川の死に関係しておるのかもしれませぬ」

左膳は言った。

「それは、どういうことですか」

清次郎の顔が不穏なものに彩られた。

「どういうことなのか、わしも気になる。ですから、草薙殿に訊きたいのです」

左膳は問を重ねた。

草薙は清次郎に何事かぼそぼそと語りかけた。清次郎は二度、三度とうなずき、

「江戸でお弟子たちは、各々が勧進《かんじん》をしたり、修行をなさっておられるそうです。少なくとも、悪行《あくぎょう》には加担しておりません……左膳殿、それはわたしも保証致します」

最後は清次郎も大きな声で否定した。

それが事実なのかどうかはわからない。この場で草薙を問い詰めるのも憚《はばか》られる。言葉の継ぎ穂をなくし、左膳は問いかけを思案した。推測に推測を重ねても仕方がないことだ。

「左膳殿、何か深いお疑いを抱いておられるようですが、今日のところは、これで仕《し》舞《ま》いにして頂き、後日、わたしが対処させて頂きます」

と、清次郎が申し出た。

それを拒むことはできない。

すると、宗里の到着を告げられた。いい潮時《しおどき》だ。

白雲斎は言った。

「意外に早かったのう」

清次郎は座敷の中に入り、左膳と草薙は次の間で控えた。

六

秋月を伴い、宗里が入って来た。

身の丈は五尺余り、なで肩で華奢《きやしや》な身体を羽織、袴の略装《りやくそう》で包んでいる。色白で面長の顔にあって目がきょろきょろと動き、気難しさを醸し出している。虚勢《きよせい》を張るように胸を反り返らせ、清次郎を見ようともしない。清次郎は両手をつき、平伏をした。秋月は左膳の隣に座した。草薙に軽く一礼をする。白雲斎は兄弟の間を取り持つように間に座った。

「兄上、初めてお目にかかります。清次郎にございます」

丁寧に清次郎は挨拶をした。

宗里はそっぽを向いたまま返事もしない。

それでも清次郎は宗里から声がかかるのを待っている。

白雲斎が、

「宗里、弟が挨拶をしておるのじゃ。何か言葉をかけてやらぬか」

と、言った。

宗里は清次郎ではなく白雲斎を向いて、

「突如として弟と名乗られましても、戸惑うばかりでござりますな」

と、他人事《ひとごと》のように言った。

「そのことなら、再三に亘って、わしから事情は、話したではないか」

温和な顔で白雲斎は言い返した。

「そのような話、確かに伺いましたな。しかし、話の上と生身《なまみ》の者とは違いますぞ。兄弟とは、この世に生まれてから、言葉を交わし、互いの顔を見て育つ者、二十五年も言葉ひとつ交わしたことのない者を弟と言われましても……」

渋面で宗里は言った。

「そう、申すな。血は水よりも濃い、清次郎の顔を見てやれ、言葉を交わしてやれ、さすれば、自《おの》ずと兄弟の情が湧くというものじゃぞ」

白雲斎に促され、宗里は、

「面《おもて》を上げよ」

と、冷めた口調で声をかけた。

ゆっくりと清次郎は顔を上げる。そして、真摯な眼差しで宗里を上目遣いに見た。

宗里は見返したがすぐに視線をそらし、

「宗里じゃ」

と、小声で返した。

「兄上」

清次郎は声を震わせた。

宗里は黙っている。

「宗里」

白雲斎が促す。

宗里はしばらくむっとしていたが、

「国許はどうじゃ」

と、曖昧な問いかけをした。

清次郎が要領よく答えようと思案をすると、

「宗里はな、江戸育ちじゃ。家督を継いだのは昨年ゆえ、国許を知らぬ」

と、白雲斎が間に立った。

「お国入りはまだなのですね。さようでござりましたな。これは失礼致しました」

清次郎は生き生きと領内の様子を語った。目を輝かせ、夏の緑、海の色、雪深い冬、川の清流を語った。無関心であった宗里も次第に表情が和らいできた。

「ほう、そんなにも鮎が美味《うま》いのか」

宗里は興味を抱いたようだ。

清次郎は鮎の風味、丸かじりにする時の味わいを語る。

「お国入り、なさいましたら、わたしがご案内申し上げます」

声を弾ませ、清次郎は述べ立てた。

「国入りの楽しみができたのう」

白雲斎もにこやかに語りかけた。

左膳も安堵した。

しばらくは、和やかな場となった後、

「ならば、そろそろ」

白雲斎が膳と酒の用意をさせた。

「兄上、わたしは、この素晴らしきご領内を豊かにするため、愚考《ぐこう》致しました。畏れ入りますが、お読みくださりませ」

と、清次郎はぴんと背筋を伸ばした。

「ほう……」

宗里の表情が引き締まった。

清次郎は意見書を宗里に差し出した。

そこへ、

「待たれよ」

秋月が甲走った声を発した。清次郎の手が止まる。

「清次郎さま、本日は兄弟の対面の場でござります。政につきまして、ご意見を承《うけたまわ》る場ではありませぬ」

きつい口調で言った。

清次郎は差し出した手を引っ込め、

「これは失礼致しました。では、これは後日……」

と、遠慮がちに言った。

しかし、

「構わぬ」

宗里は意見書を寄越せと促した。

「殿……」

秋月が止めようとしたが、

「苦しゅうない。わしは国許を知らぬ。国許で育った、清次郎の考えは興味深いものぞ」

と、鷹揚《おうよう》に返した。

「ありがたき幸せ」

清次郎は言うと、両手で捧げ持ち、宗里ににじり寄って差し出した。宗里は受け取ると、早速、中味に目を通し始めた。

徐々に宗里の顔が強張《こわば》ってゆく。

それから、

「清次郎……」

乾いた声で呼ばわった。

清次郎は宗里を見返す。

「これは、そなたの一存でしたためしものか」

宗里はちらりと草薙を横目で見た。

「わたし一人で書きました」

清次郎は答えた。

宗里は意見書を振り回しながら、

「書いたのはそなた一人としても、書くに当たって、知恵をつけた者がおろう」

口調が次第に不穏さを帯びた。

「むろん、領内を回り、様々な者に話を聞きました」

「大峰家中の者にもであろう」

「郡方の役人に、話を聞きました」

「みな、そなたに媚《こ》びておったか」

宗里は険しい顔になった。

「媚びてなどはおりませぬ」

清次郎も宗里の不機嫌さを感じたようで、表情が強張った。

「大峰家の家臣ども、わしを悪し様に申しおったであろう。わしの政を罵倒《ばとう》したであろう」

「そのようなことはござりませぬ」

清次郎は否定した。

「嘘をつけ！　ここには江戸藩邸の費《つい》えにまで言及してある。目に浮かぶぞ。大峰家の者ども、わしの江戸での暮らしぶりを、口を極めて批難《ひなん》したに違いない。そういう、わしを愚弄《ぐろう》する者どもの口車《くちぐるま》に乗って、こんな愚にもつかぬものを書きおって」

両目を血走らせ、宗里は意見書を破り裂いた。

間《ま》の悪いことにそこへ膳が運ばれてきた。

「飯などいらぬ！」

大音声で宗里は女中を怒鳴り飛ばした。女中の中にはあまりの宗里の剣幕《けんまく》に膳をひっくり返してしまう者もいた。

「宗里、大きな声を出すでない」

白雲斎は諫めた。

「父上もこの意見書、目を通されたのですか」

非難めいた目で宗里は問いかけた。

「読んだ。清次郎は心からわが藩が栄えること、願っておると思ったぞ」

白雲斎が言うと、

「父上までが……」

宗里は怒りの形相を白雲斎から左膳に向けた。

「来栖、そなたか。そなたが、江戸藩邸の内情を清次郎に漏らしたのであろう」

理不尽な疑念を受け、

「そのようなことはしておりませぬ。清次郎さまを知りましたのは、つい数日前でございます」

感情を抑え、左膳は答えた。

白雲斎も、

「わしが引き合わせたのじゃ」

と、言い添える。

宗里は冷笑を浮かべ、

「来栖、そなた、わしが罷免したのを逆恨みして、清次郎を神輿として担ぎ、わしの命を奪い、清次郎を大峰家の当主とし、江戸家老に返り咲くこと、狙っておるな」

と、言い放った。

「それはあまりにも理不尽なお疑いでございます。そのような企《くわだ》て、するはずがござりませぬ」

昂る気持ちを抑えているのだが、頬がかっと熱くなってしまう。

清次郎も、

「左膳殿は江戸に参りまして初めて知己《ちき》を得ました。この意見書とは一切、関わっておられませぬ」

強い口調で否定した。

「そなたは黙っておれ」

宗里は命じた。

「宗里、大概《たいがい》にせよ」

白雲斎が言った。

「父上まで御家を割る企みに加担なさるか。老中を務めたというのに、情けない。大峰家を御家騒動にしてよろしいのか」

宗里は怒りで全身をぶるぶると震わせた。

「まったく」

白雲斎は顔をしかめた。

「帰る」

宗里は立ち上がった。

目で秋月にも帰るよう促す。

「膳はまだじゃ。酒など飲んで、気持ちを解《ほぐ》せ」

白雲斎は言った。

「こんな気分で飯など食えませぬ。それに、膳に毒など仕込んでおらぬとも限りませぬからな」

宗里は憎々し気に言った。

「おまえという奴は……」

白雲斎も怒りで身体を震わせ立ち上がった。

すかさず左膳は飛び出した。

「おやめください。本日のところはこれにてお開きと致しましょう。ですが、必ず、後日、席を設けましょうぞ」

必死の形相《ぎょうそう》で訴えかけた。

「黙れ、左膳。おまえは大峰家の者ではない。偉そうに口出しをするでない」

宗里は怒声を浴びせた。

秋月が宗里を諌め家臣を呼んだ。すぐに何人もの家臣が駆け付けて来た。

宗里は家臣に守られながら去っていった。

騒動が鎮まり、何とも虚《むな》しい空気が流れた。

「わたしは……」

清次郎は破られた意見書を拾った。視線を彷徨《さまよ》わせながら、

「わたしは、間違っておるのでしょうか」

と、言った。

「そんなことはないぞ。宗里は痛いところをつかれ、しかも初対面の弟に指摘をされ

て、頭に血が上ったのじゃ。おまえが間違っていないことは、大峰家中の者であれば誰でもわかる。なに、時が経てば宗里とて、そなたの気持ちを汲み取ろう」

白雲斎が慰めた。

「はあ……」

茫然《ぼうぜん》と清次郎はうなだれた。

第四章　料理屋の罠

一

兵部は道場で一汗流し、しかる後に浅草の花膳に駆けつけようとした。素振り、形《かた》の稽古を念入りに行い、敵との対決に備えて気持ちの充実をはかった。

傘張りが一段落したことだし、征四郎がやって来るだろうと待つことにした。

左膳は兵部の拙速《せっそく》さを危ぶんではいるが、兵部は草薙法眼こそが羽州風来組の首領であり、その目的とするのは、大峰宗里暗殺……そして、清次郎を新藩主として大峰家の実権を握る、つまり御家乗っ取りに他ならない、と睨《にら》んでいる。

万蔵の賭場の上がりを奪ったのは、清次郎を大峰家に迎える態勢を整えるため、金を家中にばら撒くためではないか。

この推察から、今日の宗里と清次郎の対面の場でこそ、草薙法眼の陰謀《いんぼう》が実行に移されるのだと確信をしている。

その陰謀を何としても阻止するのだ。

考えてみれば、身命《しんめい》を賭《と》して宗里のために働く義理はない。大峰家とは関係のない境遇なのだ。

むしろ、忠義立てするのは滑稽《こっけい》とも言える。帰参が叶うはずもない。いや、そもそも、大峰家に帰参する気などない。

これからの自分の行動に疑問を抱いたところで、

「失礼します」

美鈴の声が聞こえた。

木刀の手を止め、

「入れ」

玄関に向かって声を張り上げた。

美鈴は風呂敷包みを持って入って来た。弁当だと美鈴は言った。

「おお、気が利くな」

相好を崩し、兵部は支度部屋に移った。

美鈴が風呂敷包みを解くと、竹の皮に大振りの握り飯が四つに沢庵と卵焼きが添えてあった。

「四つは多いな。胃の腑がもたれ、動きが鈍くなる」

兵部は言った。

「兄上の分だけではございませぬ……」

美鈴は周囲を見回した。

「ああ、そうか、おまえも食べるのだな」

兵部が返すと、

「違います。わたくしは、このようなむさい所で食事は致しませぬ」

むっとして美鈴は返した。

「すると……」

兵部が首を捻ると、

「町田さま、いらっしゃるのでございましょう」

美鈴は言った。

「ああ、そうか。征四郎の分か」

納得してから、

「そろそろ、参ると思うのだが……」

「では、二つは町田さまに召し上がって頂いてください」

釘を刺すと美鈴は腰を上げた。

「おまえ、ひょっとして征四郎に……」

懸想《けそう》しているなと兵部が勘繰ると、

「馬鹿なことをおっしゃらないでください」

ぴしゃりと美鈴は言い返した。唇を尖《とが》らせて否定しているが、目元がほんのりと赤らんでいる。

「むきになったのを見ると、怪しいぞ」

兵部はからかった。

美鈴は兵部を睨み返し、立ち去ろうとした。

「おれに任せろ」

自信満々に兵部は請け合った。

が、美鈴は険しい顔で、

「兄上、余計なことはしないでください」

「大船に乗ったつもりでおれ。おれに任せておけば、大丈夫だ」

「本当に余計なお節介はやめてください。それよりも、刻限はよろしいのですか」

「あと半時程して出かければ大丈夫だ」

兵部は握り飯を頬張りながら答えた。

美鈴はくれぐれも余計なことはしてくれるなときつく言い置いて、道場から出ていった。

「ふん、女心だな」

兵部は一人、税に入り沢庵を嚙んだ。

食べ終え、再び素振りを行う。

しかし、征四郎は現れない。

今日は道場に来ないつもりのようだ。身体の具合がよくないのか、それとも、用事があるのか。

そういえば、何処かの大名家に仕官先を求めていると語っていた。仕官について動きがあったのではないか。それなら、喜ばしいことだ。

美鈴は否定していたが、征四郎のことを憎からず想っているに違いない。男勝《まさ》りの美鈴が征四郎の前では女らしくなるのでわかる。

美鈴にとっても、仕官先の決まった男の妻になるのがいいに決まっている。

一人で出かけようと兵部は身支度を整えた。絣《かすり》の単衣《ひとえ》に裁着け袴、腰に大小を帯び、菅笠を被る。ふと、美鈴が征四郎のために用意した握り飯を見た。

「勿体《もったい》ないな」

兵部は座って、残りの二つも平らげ始めた。

「うむ……」

握り飯の中に梅干しが入っている。

兵部にと渡された握り飯は、単なる塩結びであった。

「美鈴、任せておけ」

美鈴の征四郎への想いを噛み締めた。酸《す》っぱくも、甘い味わいであった。

昼九つ、兵部は花膳にやって来た。

檜造りの瀟洒《しょうしゃ》な建屋、江戸でも評判の料理屋である。

今日は貸し切りということだ。

宗里は暗殺を恐れ、大峰家以外の者の出入りを許さないようだ。

「宗里さまらしいのう」

兵部は宗里の良く言えば用心深さ、悪く言えば臆病《おくびよう》さに失笑《しっしょう》した。ぐるりと一周し、周辺を確かめた。

浅草寺《せんそうじ》の裏手、田圃が拡がり、吉原《よしわら》が見える。炎天下とあって、田圃の緑が映え、陽炎《かげろう》が立ち昇っていた。竹筒に入れた水を飲み、咽喉の渇きを癒す。

降るような蟬の鳴き声が暑さを助長《じよちよう》させる。滴《したた》る汗を手巾《しゆきん》で拭い、目についた竹林に身を入れると花膳を窺った。花膳の周辺を侍が巡回を始めた。大峰家の侍たちである。

彼らは竹林の中を怪しいと思ったようで、近づいて来た。そのうちの一人が川上庄右衛門だとわかった。

不意に兵部は竹林を飛び出した。

三人は慌てふためき、

「く、曲者《くせもの》……」

と、声を上ずらせながら抜刀する。

「勘違い致すな」

兵部は菅笠を持ち上げた。

引き攣《つ》った庄右衛門の表情が和らいだ。

「兵部さま、どうしてこのような所に……」

　庄右衛門に訊かれ、

「まあ、こっちへ参れ」

　兵部は庄右衛門を誘い、竹林の中に入った。他の二人に、庄右衛門は花膳の警固を怠らぬよう命ずる。

　竹林の中で向かい合うと、長身の兵部が庄右衛門を見下ろす形となった。庄右衛門は兵部を見上げながら語りかけた。

「兵部さま、御家老から殿と清次郎さまの対面をお聞きになり、不穏なものを感じ、ここは忠義の見せ所だと勇んで参られたのですな」

「忠義の見せ所とは思わぬが、この対面にきな臭いものを感じてやって来た」

　兵部が返すと、

「きな臭いとは、清次郎さまに対してですか」

　庄右衛門は誰もいないにもかかわらず、声を潜めた。

「おれはな、世間を騒がす羽州風来組の黒幕は草薙法眼だと思う。草薙は清次郎さまを神輿に担ぎ、大峰家を乗っ取ろうとしておるのだ。従って、花膳での対面の場か、対面の後、宗里さまのお命を奪うつもりだ、と見当をつけた」

確信に満ちた物言いで兵部は断じた。

「やはり……」

庄右衛門も納得の首肯をして後、

「殿も清次郎さまを担ごうとする家中の動きを敏感に感じ取り、花膳を厳重にも警固させておるのです」

「おれも、及ばずながら馳《は》せ参じた」

「よくぞ、おいでくださいました。兵部さまの忠義、殿に報告申し上げます」

庄右衛門は慇懃にお辞儀をした。

「だから、忠義ではないと申したであろう。今更、おれの忠義立てなんぞどうでもよい。正直申して、宗里さまへの忠義よりも、おれの剣客としての血が騒いだのだ。真剣を交える機会など滅多にあるものではないからな。正々堂々と真剣勝負ができるのだぞ。草薙法眼とその配下の者がどれほどの腕なのか、手合わせしたくてうずうずしておるのよ」

兵部は顔を輝かせた。

「お気持ちはよくわかりました……殿への忠義ではないにしましても、兵部さまの手助けは心強いものでござります」

庄右衛門は言った。

「ところで、殿と清次郎さまとの対面、いかになっておるのだ」

兵部は花膳を見た。

「目下、対面の最中であろうと存じます。その場には大殿白雲斎さま、来栖左膳さま、江戸家老秋月さま、そして草薙法眼殿が立ち会っておられます」

「その場で、草薙が宗里さまのお命を奪う恐れはあるまいな」

兵部は危ぶんだ。

二

「それはないと思います。花膳の中も当家の者が警固しておりますし、お父上が目を光らせておられます。草薙殿も白雲斎さまの前で殿のお命を奪う、などという暴挙には出ますまい。決行するとしたら帰りです」

庄右衛門の考えに兵部もうなずいた。

「ところで、清次郎さまを何と見た」

兵部の問いかけに、

「お見かけしたところ、才気煥発《さいきかんぱつ》なるお方でござりますな。羽黒仙人草薙法眼殿の下で鍛えられ、おまけに回国修行もなさったそうですから、武芸の方も相当な手練れでござりましょう。武に秀《ひい》でておられるばかりか、いかにも賢そうなお方でございます。辞は低く、物腰柔らかで当家の者や花膳の女中どもにも丁寧な応対をなされました。殿とは大違い、正反対ですな。清次郎さまを担ごうという者たちが現れるのは当然……あ、いや、殿もむろん聡明なお方であるのですが……」

清次郎への賞賛が過ぎ、宗里への不満を、口を滑らせて吐露《とろ》した庄右衛門はばつが悪そうに口をつぐんだ。

「清次郎さま、大峰家中で不遇《ふぐう》をかこつ者たちにとってはありがたい存在となるかもしれぬな」

兵部は見たことも会ったこともない清次郎に思いを馳せ、去ったとはいえ禄を食んでいた大峰家に希望を見出した。

が、

「まさしく、そのような動きとなっております」

という庄右衛門の言葉に現実に呼び戻され、希望が不安に変わった。

「宗里さま、さぞや心中穏やかではないであろう」

兵部の危惧を、

「まあ、それは……」

答え辛そうに庄右衛門は認めた。

「ひょっとして、宗里さまの方から清次郎さま暗殺に動くということはなかろうな」

「それはないと存じます」

言下《げんか》に庄右衛門は否定した。

「どうしてだ」

兵部が訝《いぶか》しむと、

「殿は臆病ですからな」

声の調子を落とし、庄右衛門は答えた。

「確かに気の小さなお方だ。狭 量《きょうりょう》と申した方がよいか。狭量ゆえ、自分の気に入りの者を側に置き、耳の痛いことを申す者を遠ざける。だが、そんなお方に限って自分の評判を気にかける。対面の場で清次郎を殺したとあっては、家中の反発は大きくなり、噂好きの江戸の者を当て込んだ読売《よみうり》の格好の材料となるだろう。自分の評判が地に堕《お》ちることをなさるはずはない。それに、そもそも白雲斎さまの目がある。白雲斎さまを敵に回すようなことを宗里さまがなさるとは思えないな」

兵部の考えに庄右衛門も納得したようにうなずく。

「願わくば、殿と清次郎さまが仲良く、和やかなうちに対面を終えて頂ければ、暗殺などという物騒なことは取り越し苦労に過ぎないということになるのでしょうが」

庄右衛門の見通しを、

「それは甘いな。対面の場はうまく乗り切ったとしても、不満はくすぶり続ける。宗里さまが清次郎さまを受け入れれば、家中には清次郎派が形成されるだろう」

兵部は否定した。

庄右衛門も兵部の考えに賛同したが、

「清次郎さまは殿との対面を終えると、鶴岡へお帰りになるそうです。大峰家に入る希望はないということですぞ」

「清次郎さまは聡明なお方のようだな。ご自分の存在が大峰家に不穏な影を落とすとわかっておられるのだ」

「そんな清次郎さまの気遣いを慮《おもんぱか》ることなく、利用する者がおるのですから、愚かしいことです」

庄右衛門は感慨《かんがい》を込めて嘆いた。

「困ったのう……」

兵部も言ったが、またも自分は大峰家とは無関係なのだと思い至った。

「まずは、対面が無事にすめばよいのですが」

庄右衛門は再び花膳を見やった。

「さて」

兵部は抜刀し、竹の枝を斬り払った。

三

対面を終えた清次郎は、

「わたしは国許に帰った方がよいのでしょうか」

途方《とほう》に暮れつつも、落胆《らくたん》ぶりから立ち直って白雲斎に問いかけた。

「いや、すぐに帰ることはあるまい」

白雲斎は答えた。

「しかし、兄上はわたしを受け入れようとはなさいませぬ。このまま江戸におっては災いの種となってしまいます」

清次郎が難色を示すと、

「畏れながら、既に火種となっております」

　左膳が言った。

　清次郎は左膳を見返す。

「今は国許には帰らぬ方がよろしいと存じます。国許に帰れば、宗里さまの疑心暗鬼《ぎしんあんき》を余計に大きくしましょう」

　左膳の考えに、

「左膳の申す通りじゃ。まずは、宗里の出方を待つべきであるな。なに、血を分けた兄弟なのじゃ。今日は宗里も虚勢を張っておった。舐められてなるものかという気概でおったのじゃ。なに、宗里は後悔する。気が小さいからな。藩邸への帰途、今日の言動を悔いよう」

　清次郎を安心させようとしてか、白雲斎は楽観した見通しを語った。

「そうであればよいのですが」

　清次郎は心配が去らないようだ。

「今は動かぬことです」

　左膳は念を押した。

「その通りじゃ」

白雲斎も同意する。

「わかりました。わたしは、しばらく中屋敷に逗留し、兄上の勘気《かんき》が解かれるのを待ちたいと存じます。それには、この意見書は……」

手にした意見書を清次郎はしげしげと見た。

「捨てることはない。そなたは真剣に大峰家と領内、領民を思って書き記したのだ。宗里が破り裂いたのは、宗里自身も痛い点、つまり至らぬ所、気にしておる所を突かれたからなのじゃ。頭に上った血が冷めれば、宗里も自分の政の鑑《かがみ》とするであろう」

白雲斎の考えを左膳は甘いと思った。

宗里は出世のことしか頭にない。そのためには、幕閣の覚えをめでたくすることである。困難が予想される印旛沼干拓を買って出るなどという無謀《むぼう》を敢《あ》えて強行しようとするのも、幕閣に気に入られたいからだ。清次郎が憂いた領民の窮状は、宗里が印旛沼干拓の手伝い普請費用を捻出せんとするために引き起こされた。清次郎の意見書を受け入れることは宗里にとって自分の政を否定するに等しい。

大名家の兄弟争いは戦国の世では当たり前に行われていた。徳川の世となっても、三代将軍家光《いえみつ》と弟駿河大納言忠長《するがだいなごんただなが》の骨肉《こつにく》の争いを知らぬ者はない。当人同士のいさかいではすまず、周囲を巻き込む大事となるのである。

白雲斎は老中にあった時、羽黒組を使って大名家の内情を探り、御家騒動の芽を摘んできた。その白雲斎の大峰家が兄弟の争いによる御家騒動に引き込まれたとあっては、皮肉ではすまされないのだ。

ふと、草薙の考えを聞きたくなり、左膳は次の間に移った。

女将が離れ座敷にやって来た。

白雲斎が問いかけた。

「宗里はもう帰ったのか」

すると女将は小さく首を横に振り、

「今、お駕籠を待っておられます。急なお発《た》ちでございますので、四半時程お待ち頂くことになります」

と、答えてから、

「あの……何か当方に粗相がございましたのでしょうか」

と、宗里の憤激《ふんげき》に戸惑いと恐れを抱きながら問うてきた。

「すまなかったな。女中どもを怖がらせてしまった。花膳には何の手落ちもないゆえ、安堵致せ。当家の内々の事情でな……」

白雲斎は柔らかな表情で返した。

顔を曇らせたまま女将は承知しましたと言い、

「お膳はいかがいたしましょうか」

「せっかく調えてくれたのじゃ。持ってきてもらおうか」

白雲斎は鷹揚《おうよう》に頼んだ。

「お殿さまの分は……」

「出してやれ。腹が満たされれば、気持ちも和らぐというものじゃ」

白雲斎は笑った。

女将はわかりましたと下がった。

草薙とやりとりをする前に宗里の様子を窺おう。左膳は厠へ行くと離れ座敷を立った。

渡り廊下を過ぎ、縁側を歩き、庭に目をやる。離れ座敷の周辺には、未だ大峰家の家臣たちが残っていた。

宗里が無事、花膳を出るまで警戒を緩めることはないようだ。おそらくは、花膳の外でも警戒の目が光っていることだろう。大峰家の家臣とは別に、兵部と征四郎も何処かで身構えているに違いない。

今のところ、草薙に変わった様子はない。

配下の者たちが暗殺の機会を窺っているということか。

しかし、いくら草薙配下の者の腕が立とうが、白昼堂々、大名を乗せた駕籠を襲うなど、不可能ではないか。

花膳の周辺こそ、田圃と雑木林の広がるのどかな一帯だが、浅草寺近くは奥山のような盛り場である。

そんな所で騒ぎを起こせば……。

ああっそうか……。

もし、草薙が宗里暗殺を企てる羽州風来組の黒幕だとしたら、狙いは暗殺ではなく騒ぎを起こすことにあるのではないか。

白昼、江戸を騒がせたとなれば、宗里は幕閣や江戸庶民から厳しい目を向けられる。たとえ、自分に非はなくとも、御家騒動と受け取られ、処罰はされないまでも奏者番の職は辞さねばなるまい。

そうなれば、印旛沼干拓の手伝い普請は、騒ぎに対する懲罰だと世間には解釈されてしまう。宗里の思惑は大きく外れ、重い負担のみが大峰家と領民に課せられるのだ。

大峰家中と領内は宗里への怨嗟《えんさ》の声に満ち溢れ、藩主交代、清次郎待望の声が大きくなるに違いない。

草薙ならば考えそうな企てではないか。

襲撃者はあくまで江戸を騒がせる羽州風来組なのだ。

左膳は離れ座敷を見た。

そんな左膳の横を女中たちが膳を運んでゆく。

「いかん」

兵部のことを言えぬ。

自分の推察を信じ切ってしまっている。何もそうと決まったわけではないのだ。そもそも、草薙法眼が羽州風来組の黒幕だと判明したわけでもない。

すると、秋月がやって来た。

秋月は目で座敷に入ろうと誘った。二人は手近な座敷に入った。

「まずいですな」

秋月は不安を漏らした。

「宗里さま、ご立腹なさったが、今はいかがしておられますか」

左膳の問いかけに、

「食膳を前に、酒を召し上がっておられる」

秋月は宗里の怒りが抑えられない様子であると言い添えた。

「兄弟対面は、大きな火種となったわけですな」

左膳の言葉に秋月は大きくうなずいた。

「いずれにしても、清次郎さまとの仲は大きく溝が出来、このままでは御家は分断されますぞ」

秋月は憂いを示した。

「いかにも……」

左膳も同意した。

「もちろん、この後、殿のご機嫌よろしき時を見計らって、取り成しますがな、正直、期待は持てませぬな」

秋月は首を左右に振った。

「努力はなさるべきと存ずる」

左膳の言葉を受け入れつつも、秋月はため息を漏らした。

「この後、お駕籠が整い次第、藩邸に戻られるのですな」

左膳が言うと、

「むろんのこと、何か……ああ、襲撃を心配なさっておられるのですな。それなら、殿のお駕籠は十重《とえ》二十重《はたえ》にも家臣どもが囲んでおります。浅草田圃を過ぎれば、奥山の盛り場、それから、市中となります。昼の日中、大名の駕籠を襲撃するなど、どんな愚か者も企てますまい。わしは、歳ゆえ足手まといになるだけですから、殿のお駕籠とは別に後刻藩邸に引き上げます」

秋月は一笑に伏した。

「ですが……」

左膳は自分が抱いた襲撃犯が草薙とした場合の危惧を示した。秋月は黙って聞いていたが、

「なるほど、左膳殿の心配はごもっとも。しかし、それも杞憂《きゆう》と存ずる」

秋月はきっぱりと否定した。

秋月らしからぬ確信に満ちている。

「そうでしょうか」

自分の考えを頭から受け入れてくれず、左膳はむっとした。

「いくら何でも、市中を騒がせるだけの目的で襲撃などするとは思えませぬ。たとえ、それでも、摑まれば重罪が科せられますぞ」

「ですが……」

左膳は自分の考えを受け入れない腹立たしさを通り越し、羽州風来組による企ての

深刻さを訴えようとした。

「左膳殿、今日のお骨折りには感謝申し上げます」

秋月は改まった様子で頭を下げた。

「お役に立てませんで」

これ以上意見を言ったところで無駄だと内心で失望し、左膳も一礼を返した。

「せっかくの料理、賞味なさってから帰宅されよ。では、これにて」

秋月は出ていった。

その背中は自信に溢れていた。少しの心配もしていない。秋月の楽観なのか、それともそれを裏付ける確かなものがあるのか。

胸の中にわだかまりを抱きながら、左膳は離れ座敷に戻った。膳が調えられている。

「無駄足となってしまったな」

白雲斎が気遣ってくれた。

まあ一献と勧められたが、左膳は変事《へんじ》出来《しゅったい》に備えて丁寧に断った。清次郎は酒を飲まないそうだ。草薙も飲まない。

「なんじゃ、わしだけか。寂しいのう」

不満の声を上げながら白雲斎は一人、美味そうに酒を飲み始めた。

左膳は草薙を見つつ、

「大峰家を離れたわしが申す戯言《ざれごと》としてお聞き頂きたいのですが」

と、語りかけた。

「なんじゃ、この際だ。腹蔵なく申せ」

白雲斎は許可した。

「では、申します。清次郎さまは、まこと優れたお方、このまま国許に戻られるのは、世の中の損失、その才を生かすべきだと存じます。そのため、大名家、旗本家への養子入りを考えられてはいかがでしょう」

左膳の進言に草薙は黙っている。清次郎も口を閉ざした。

白雲斎が、

「そうじゃのう。それも一興《いっきょう》じゃな。養子先を当たってみるかのう」

と、清次郎を見た。

「父上、わたしは、大名や旗本になるつもりはございませぬ。己が立身出世《りっしんしゅっせ》などはどうでもよいのです。兄上と対面が叶い、それでよしと考えておるところです。わたしは、兄上がお怒りになられたように、差し出がましい真似をしてしまいました。国許に戻り、領内の人々と田植えを行い、畑を耕し、雨の日には書見をして過ごしたいと思います」

真摯な表情で清次郎は言った。

「まこと、謙虚で立派な考えである。じゃがな、そなたの意見書は鶴岡領内に生まれ育ち、領民たち藩士たちの喜びも苦しみも知った上で書き記したものではないか。それならば、その意見書はそなたの口を通した領民どもの声ということじゃ。声を政に生かすのは、そなたの務めとは思わぬか。それには、御家でしかるべき立場に立たねばならない。たとえ鶴岡藩以外の大名家においても、今回の意見書は政を進める上で大きな意義がある。清次郎、逃げてはならぬぞ」

淡々と白雲斎は説いた。

「そうじゃ」

低いが野太い声で草薙は賛同を示した。

清次郎は拳を握り締め、苦渋の表情となっている。腹から搾り出すように、

「逃げてなどおりませぬ」

いかにも心外だと言いたいようだ。

「ならばよい」

白雲斎は認めたが、

「しかし、逃げるのが大峰家のためになるのなら、大峰家を御家騒動から救うのなら、敢えて卑怯者の蔑《さげす》みを受けても構いませぬ。逃げましょう」

それは清次郎の誠実さを物語ると同時に、清次郎の苦悩を示してもいた。

白雲斎は唸った。

左膳は、草薙の心中を探った。草薙が羽州風来組の黒幕であるのなら草薙は清次郎に国許に帰られてはまずいはずだ。

「左膳殿、わたしはどうすればよいのでしょう」

清次郎に問われ、

「他家への養子が決まるまでは、中屋敷で逗留なさることです」

左膳は言った。

「何時《いっ》になりましょう」

清次郎は首を捻った。

そうそう都合よく、養子入り先が決まるものではない。見通しできないのが現実だ。

「ここで、結論は出ぬ。まずは、宗里の気持ちが解《ほぐ》れるのを待つことじゃ」

白雲斎の言葉に、

「さようにございますな」

左膳は従った。

清次郎は思案に暮れ、箸を置いて料理には手をつけようとしない。対照的に白雲斎は健啖《けんたん》ぶりを示した。

左膳は草薙の様子を横目に窺った。

何を考えているのかわからないが、草薙は端座《たんざ》したままだ。やがて、おもむろに腰を上げた。白雲斎が目でどうしたのだと問いかける。

「帰ります」

短く告げてから離れ座敷を出ていった。唐突過ぎて、白雲斎は引き留めるのも忘れてしまった。

清次郎が、

「お師匠さまは、お疲れのようです」

と、席を中座する非礼を庇い立てた。

さては、行動を起こすか、左膳の胸に緊張が走った。

このまま見過ごすわけにはいかない。多人数で守られている宗里の身は大丈夫だとは思う。問題は草薙の行動である。もし、草薙が羽州風来組の黒幕であるのなら、宗里襲撃の様《さま》を確認しておきたい。

宗里の身は大峰家の家臣たちに任せるとして、襲撃者を一人でも捕まえられれば、陰謀の真相が突き止められるのだ。

「白雲斎さま、わしもこれで失礼致します。清次郎さま、後日、改めて御挨拶に参ります」

左膳は二人に断りを入れ、席を立った。

草薙を追いかけようとしたが、既に行方をくらましていた。

玄関の方が騒がしい。

女中に確かめると駕籠が着き、宗里が乗り込むという。

いよいよ動き出したということか。

左膳は己に気合を入れた。

草薙法眼とは剣術の稽古をしたことがある。もう、二十年も前のことだ。

草薙は棒術を使った。

六尺棒を巧みに操り、木刀を武器に挑んだ左膳を寄せ付けなかった。

六尺棒を振り回していたわけではない。全くの無防備な構えで、左膳が懐に飛び込んだと思ったら、ふわりと姿がなくなっていた。雲を摑んでいるようだった。

左膳は籠手《こて》を打たれ、敗北した。

負けても悔しくはなかった。敗北の実感がなかったからだ。仙人相手に立ち向かったようなものだった。

庭から大峰家の家臣たちがいなくなった。

左膳も玄関に向かった。

玄関を家臣たちが固めている。駕籠が発つところであった。

秋月がこちらを見た。

大丈夫だというようにうなずいて見せた。左膳は宗里の駕籠に向かって一礼をした。

駕籠の前後、左右には家臣がぴったりと張りついている。みな、額に鉢金《はちがね》を施し、襷がけ、袴の股立《ももだ》ちを取っていた。馬廻り役である。老齢ゆえ足でまといになると言っていた秋月の姿は消えていた。

駕籠かきが十人もつきそった。交代で担ぎ、駕籠の速度を上げるためだろう。

襲撃されて危険な地は畦道《あぜみち》である。細い道幅ゆえ、駕籠を守る侍の人数が制限されてしまう。それでも見通しが利くため、襲撃に備えることはできる。

いずれにしても町場に達するまでの五町が勝負となる。

左膳は駕籠が花膳を出たのを確かめ、預けておいた大小を女将から受け取ると、菅笠を被り、後を追った。

強い日差しに晒《さら》され、周囲の景色は白く光っている。炎昼《えんちゅう》を進む宗里の駕籠は陽炎に歪んで見えた。そのため、何処か幻想性を帯び、この世のものとは思えない。

左膳は歩測《ほそく》を保ち、一定の距離を保ったまま周囲に目配りをした。駕籠の行く手を大峰家の家臣たちが先ぶれをし、町人、農民を遠ざけた。あまりの家臣たちの剣幕《けんまく》に恐れを成し、彼らは慌てて走り去った。

四

兵部は花膳を見た。

庄右衛門が、

「おお、駕籠が着きました。思ったよりも早いですな」

と、頭上を見上げた。

日輪は中天《ちゅうてん》にあり、ほとんど西に傾いていない。

「これは、よき報《しら》せなのか悪《あ》しき報せなのか」

兵部は呟いた。

「そうですな……和やかに対面が終わり、殿は上機嫌で藩邸に戻られる……いや、それなら、宴を張り、更なる親交を深めるはず。清次郎さまがお酒を召し上がるかどうかは存じませぬが、殿は酒豪、白雲斎さまもお酒好き、それに御家老も笊《ざる》でござる。酒が入れば、話の花が咲き、夕暮れになっても不思議はござらぬものな」

庄右衛門は腕を組んだ。

「決裂《けつれつ》か」

兵部も唇を嚙んだ。

「我らは警固に参ります」

「おれも、影ながら宗里さまをお守り致すぞ」

兵部が言うと、

「お気持ちはありがたいのですが、先程も申しましたように、我ら多人数でお駕籠を守ります。よって、ご助勢には及びませぬ。ここから奥山までは、一気呵成《いっきかせい》に進みますのでな。奥山に入れば、襲撃する機は逸《いっ》しましょう」

庄右衛門はあくまで楽観的な見通しを示し、兵部に一礼すると急ぎ足で花膳に向かった。

「それも、そうか」

兵部も己の勇《いさ》み足を思った。

「父上、いかがされておられるか」

左膳に思いを馳せつつ兵部は立ち去ろうとしたが、胸騒ぎがした。

花膳から駕籠が出発した。

物々しい警固である。これなら、いくら襲撃を受けようが大丈夫だと兵部は安堵した。


左膳は駕籠を追う。

すると、川上庄右衛門がやって来た。

「御家老、畏れ入ります。御家老が警固に加わって頂き、千人力《せんにんりき》を得ましたぞ」

歯の浮くようなことを言った。

「これだけ厳重な警固だ。わしがおってもおらなくても大丈夫であろう」

「ですが、心強いです」

庄右衛門が言った。

駕籠の速度が上がった。庄右衛門は表情を和らげ、

「町場まで五町余り、一息に進みますぞ」

まるで町場が目的地のような物言いである。

「町場に入ってから、より一層の用心を怠るな」

左膳は釘を刺した。

「むろん、用心を怠りはしませぬ」

胸を張り、庄右衛門は言った。

「よいか、町場で襲われても、決して応戦をするな。必要最低限の防戦に努《つと》めるのだ」

「はあ……」

庄右衛門はきょとんとした。

左膳は自分の考えを述べ立てた。

草薙法眼が羽州風来組の黒幕だとすると、騒ぎを起こすことが目的だと考えられることを口早に説明した。

庄右衛門は目をむき、

「なんと、それは大変ではないですか」

俄《にわ》かに危機感を抱いた。

「だから、用心せよと申しておるのだ」

左膳は言葉を重ねた。

「しかし、襲われれば撃退せねばなりませぬぞ」

庄右衛門は言い返した。

「だから、ひたすら守りに徹《てっ》するのだ」

「刀を抜かないことには防げませぬ」

「最小限じゃ」

言いながらも左膳とて、そんなことはできないと思えてくるから言葉に力が入らない。

「とにかく、町人、町屋に損害を出さないようにせよ。町方を巻き込んでは後々、面倒なことになるからな」

左膳に言われ庄右衛門は思案していたが、

「御家老も一緒においでくださるのですな」

と、すがるような目を向けてくる。

「わしは、大峰家とは関係ないのだぞ」

「都合よく無関係を言い立てないでくだされ。御家老はもう首まで今回の一件に関わってしまわれたのですぞ」

口を尖《とが》らせ、庄右衛門は文句を言い立てた。真っ赤な顔で汗みずくとなった庄右衛門に辟易とし、

「わかった。現場にゆく」

左膳は受け入れた。

「それで、駕籠に付き従って、警固の差配《さはい》をお願い致しますぞ」

庄右衛門は頼んだが、

「さすがに、それはできぬぞ。そんなことをしたら、宗里さまが憤られる。大峰家の体面を潰された、とな」

左膳が危惧を示すと、

「ですから、影からこそっと指示をしてくだされ。場合によっては、御家老が襲撃者を追い払ってくだされ」

まこと、庄右衛門らしい都合の良さを平気で頼んできた。内心でしかめっ面となりながらも、

「よかろう」

渋々応じた。

応じてから、そんな義理はないのだが、と後悔をした。

「ならば、急ぎ」

重い足取りであったのだが、現金なもので、庄右衛門は足取りも軽く駕籠を追った。左膳も歩測を速める。

蝉の鳴き声が一層激しくなったような気がした。

駕籠は無事、奥山を過ぎ、上野へと向かう。

盛り場とあって、人が出ている。商家の店先は打ち水がしてあり、濃厚な土の臭いを放っていた。

宗里の駕籠を取り巻く侍たちの物々しさに町人たちは道の両端に除《よ》ける。

「御老中さまの駕籠かな」

「きっと、そうだぜ」

町人たちの囁きが聞こえた。

町人たちが宗里の駕籠を老中が乗っているかもと口にしているのは、駕籠に記された大峰家の家紋ゆえではない。大峰家と知って老中であった白雲斎を指しているのではないのだ。

老中を乗せた駕籠は登城下城の際には、急ぎ足で進むのが慣例である。これは、緊急時や大事が出来《しゅったい》した場合、老中は急ぎ登城せねばならないのだが、老中の駕籠が急いでいると見れば、すわ、大事出来、と、江戸市中が浮足立《うきあした》ってしまう。そこで、老中は常に登城下城は迅速《じんそく》に移動するのだ。

宗里の駕籠は老中を思わせる迅速さであった。もちろん、老中を目指す宗里だが、今は老中気分に浸りたいなどというゆとりはないだろう。

上野御成街道《おなりかいどう》に達した。

火除け地となっており、道幅がぐんと広がっている。

庄右衛門は左膳の横につききりである。

と、山伏《やまぶし》の集団が一塊《ひとかたまり》となって近づいて来る。思わず、左膳は駆け出した。

警固役の数名も山伏に向かった。

山伏たちは驚いて立ちすくんだ。庄右衛門が、

「羽州風来組だな」

と、声高に問責《もんせき》した。

揃って山伏たちはぽかんとした。殺気《さっき》など微塵《みじん》もない。

「申し訳ござらぬ。人違いでした」

庄右衛門は深々と腰を折り、勧進《かんじん》でござると、いくらかの金子《きんす》を渡した。山伏たち

は怒ることもなく立ち去った。

「心配が過ぎましたかな」

庄右衛門は笑った。

左膳も苦笑した。山伏と見て、浮足立った自分が恥ずかしくなった。それでも、悪いことをしたわけではないのだ、と自分を鼓舞《こぶ》する。

五

兵部は取り越し苦労に終わったと、無駄足を嘆いた。征四郎を連れて来ないで良かったというのがせめてもの慰めである。

駕籠が出立し、花膳は長閑《のどか》な空気が漂っている。店の裏手からは奉公人や女中たちが出て来た。出入りの商人たちと楽しげにやり取りをした。

続いて、行商人と饅頭笠《まんじゆうがさ》を被り墨染《すみぞめ》の衣を着た僧侶の集団が出て来た。妙な取り合わせだ。出入りの行商人と勧進をあてにした坊主たちであろう。

やって来たのはいいが、宗里一行が無事に花膳を発つまでは、花膳にと留め置かれたというわけだ。

「災難だったな」

彼らに同情しながら、竹林から出ようとしたところで、

「おや……」

兵部は足を止めた。

花膳の裏門から白髪の老人が出て来たのだ。

焦げ茶色の袖無羽織に裁着け袴、六尺棒を手にしている。

「草薙法眼だ」

草薙は老人とは思えない、軽やかな足取りで畦道をゆく。

「さすがは、羽黒山の仙人だな」

感心していると、山伏、それに浪人と思《おぼ》しき者たちが草薙につき従った。目を血走らせ、殺気を漂わせている。宗里を襲撃するのか。

それなら、駕籠とは逆方向である。

草薙たちは行商人、僧侶たちと同じ方向に向かっている。

「何かあるか」

兵部の胸は騒いだ。

となると、居ても立ってもいられないのが兵部だ。とはいえ、草薙たちに気づかれ

ないように、竹林を出ると追跡を始めた。

草薙たちは山谷堀《さんやぼり》に向かってゆく。

が、途中から土手沿いを走り、大川を南下していった。

「何処へ行くのだ。ああ、そうか、奴ら、隠れ家に向かうのだな」

花膳で宗里が思いの外《ほか》に厳重な警固を行っていたために、宗里を襲うことができず、隠れ家に戻って策を練り直すのではないか。

そんな考えが兵部の脳裏《のうり》に浮かんだ。

暑さをものともせず、草薙一行は速足に進んだ。大川の川端をゆく。日が暮れると花火が打ち上がり、涼みに来る者たちで一杯になるが、炎天下とあって、人通りは少ない。

対して、川面は舟遊びに興じる者たちや、吉原を目指す猪牙舟《ちょきぶね》で賑やかだ。

そんな大川を横目に、草薙は足早に進むと、やがて吾妻橋《あづまばし》に至った。

「さては、本所《ほんじょ》か深川か」

兵部は草薙たちの隠れ家が吾妻橋を渡った先、本所か深川ではないかと見当をつけた。

兵部も吾妻橋に至り、袂《たもと》で様子を窺う。

が、草薙たちは橋の中程に至ったが、そこで立ち止まり、川を見下ろし始めた。

花膳を出た行商人と僧侶たちは山谷堀を大川に向かって進み、今戸橋《いまどばし》を過ぎると竹《たけ》屋《や》の渡《わたし》に至った。そこに、屋形船が着けられている。宴会ができる座敷を備えた屋形船だが、誰も乗っていない。食膳も芸者、幇間《ほうかん》の類《たぐい》も乗船していなかった。

舟遊びではないようだ。

行商人の一人が周囲を見回した。残りも者たちも視線を向ける。

「大丈夫です。どうぞ、船へ」

行商人が声をかけ頬被りした手拭を取り去った。

秋月陣十郎であった。

「うむ」

応じた僧侶は饅頭笠を脱ぐ。宗里である。

宗里は桟橋《さんばし》を渡り、悠々《ゆうゆう》と屋形船に乗り込んだ。

続々と行商人、僧侶に扮した大峰家の家来たちも続いた。船の中には刀や鑓が用意されていた。

「どうじゃ」

得意げに宗里はみなを見回した。

「お見事でござります。まんまと敵を欺《あざむ》きましたな。今頃、敵は駕籠を追いかけておりますぞ。空《から》の駕籠を……いやあ、愉快ですな」

秋月は追従《ついしょう》混じりに返した。

そうであろうと満足そうに宗里は言った。

「策を弄《ろう》してやった。じゃが、少し物足りなくもあるな」

念のために用意させた武具を使う機会はあるまいと、宗里は残念がった。

「それは、贅沢な悩みというものです。これで、敵が空の駕籠を襲い、敵を捕えてやれば、敵の正体が知れます。おそらくは……」

「草薙法眼が糸を引いておるのであろう。噂には耳にしておったが、仙人のような男であった。陰気で、一言も言葉を発しなかったぞ。あのような者に育てられた清次郎も暗い奴であったわ」

宗里は清次郎をなじった。

六人の船頭が屋根に登った。三人ずつ左右に分かれ、棹《さお》を操り、屋形船は漕ぎ出された。

家臣たちは武器を手に、屋形船の座敷の外に出て、周囲への警戒に入った。

「清次郎さま、いかがされますか」

秋月は心配そうに訊いた。

「どうもこうもない。大峰家で遇することはあるまい」

宗里は当然のように否定した。

「それでよいのですか」

秋月は、考え直すか、もう少し慎重に対処した方がいいと言った。

「馬鹿な」

宗里は舌打ちをした。

「白雲斎さまは、大変に買っておられますぞ」

「父は、自分の血を引いた息子が可愛いのだ。それは無理からぬことじゃが、政というものは情で行うものではない」

宗里は言った。

「ごもっともでございますが……」

それでも秋月は憂いを示した。

「臆《おく》したか」

「そういうわけではございませぬ。家中で清次郎さまへの声望《せいぼう》が高まっております」

秋月の言葉に宗里は冷笑を浮かべ、

「ふん、頭に血が上った者どもじゃ。政の何たるかを知らぬ、机上の空論などで政が行えると思うか」

怒りの口調で反論した。

「そうですが、家臣どもの心が離れては……」

秋月は抗《あらが》った。

宗里は意外な顔となり、

「どうした秋月、今日は珍しく物を申すではないか」

と、問いかけた。

昼間の月のように存在の薄い秋月が意見を言い立てるのを宗里は訝しんだが、怒りを発することはなく、

「それであるなら、この際である。申してやろう」

真剣な表情となった。

秋月は承りますと、神妙な態度を取った。

「よいか、わしはな、大峰家中の政を以《も》って、政とは思わぬ。わしの目は常に天下にある。天下の政を担ってこそ、わが大峰家の政も正しく行われるのじゃ。わしは老中

になる。父上以上の老中となる。わしが老中になりたいのは、何も権勢を示さんとするものではない。己《おの》が政を行うため……老中とならねば、政は行えぬからじゃ。決して、権力の亡者《もうじゃ》ではない」

宗里は滔々《とうとう》と持論を展開した。

「殿のお考え、よくわかりました」

秋月は額をこすりつけた。

「それならばよい。このようなわしの志は、清次郎のような田舎者にはわからぬのじゃ。無理もない、奴は大名の息子としては育たなかったのだからな」

「御意《ぎょい》にございます」

神妙に秋月は言う。

「それでじゃ、寺社奉行への昇進のため、大奥と水野《みずの》殿に賂《まいない》を贈ること、用立てておろうな」

真顔になって宗里は秋月に問いかけた。

水野殿とは老中首座水野出羽守忠成《でわのかみただあきら》である。将軍徳川家斉の側用人から老中となった。貨幣改鋳《かへいかいちゅう》によって幕府の台所を潤《うるお》し、家斉の豪奢《ごうしゃ》な暮らしを支え、従って家斉の信頼が厚い。幕閣きっての実力者である。

「三千両、算段を致しましたが、残る二千両が」

国許の商人に藩札《はんさつ》を買い取らせ、鶴岡城の土蔵にあった骨董品を売り、領内の隠し田畑を摘発《てきはつ》して工面《くめん》したのだと秋月は言った。

「三千両、よかろう」

宗里は満足そうにうなずいた。

「五千両でなくとも大丈夫なのでしょうか」

秋月は心配した。

「二千両は万蔵に用意させる」

宗里は言った。

「狐目の万蔵ですか。としますと、賭場ということになりますが、再び中間部屋で催しては、万が一、漏れた場合に厳しい処分が下されます。それに、中間部屋程度ではとても二千両など集まりませぬ」

秋月は憂いた。

「わかっておる。万蔵にはうまいこと言いくるめよ」

宗里は命じた。

言いくるめよとは、宗里らしい身勝手な命令である。

「承知しました。あの者、賭場の上がり千両を羽州風来組に奪われてから、たびたび当家を訪れて参ります。羽州風来組に内通する者が当家におる、と勘繰っておるようです。当家の菩提寺《ぼだいじ》で大がかりな賭場を開帳させましょう。さすれば、万蔵もうるさいことは言ってきませぬ。一石二鳥でござります」

秋月は慇懃《いんぎん》に答えた。

満足そうに宗里はうなずき、

「まずは、三千両を大奥に渡す」

「いかに渡しましょうか」

「考えよ」

「そうですな、大奥を取り仕切る上臈御年寄《じょうろうおとしより》、飛鳥小路《あすかこうじ》さまにお渡ししますとして……」

秋月は思案の後に、

「近々、飛鳥小路さまは浅草寺に参詣《さんけい》なさいます。その帰途、花膳で休息を頂き、その時にお渡ししてはいかがでしょうか」

と、具申《ぐしん》した。

「よかろう」

宗里は承諾した。

寺社奉行に成れば、老中へ大きく踏み出したことになる。宗里は会心《かいしん》の笑みを漏らした。

すると、

「おのれ」

甲走った声が聞こえた。

六

「何事ぞ」

宗里は色めき立った。

秋月が立ち上がる。

屋形船が大きく揺れた。

船に何人もの山伏と浪人が飛び移ってきた。その中には草薙法眼もいた。

吾妻橋を過ぎたあたりだ。

敵の襲撃に大峰家の家臣たちは応戦した。

「馬鹿な、どうして敵が」

策がうまくいったと信じていた宗里は衝撃を受けたようだ。

兵部は草薙たちの動きを見張っていた。

彼らは橋から船を眺めている。

草薙の白髪が川風にたなびいていた。

「まさか、舟遊びを羨《うらや》んでいるのではあるまい」

兵部は首を傾《かし》げた。

すると、草薙を先頭に山伏、浪人たちが欄干《らんかん》を乗り越え、川に飛び込んだ。

この暑さ、水浴びでもするかと訝しんだ直後、屋形船に降り立った。

屋形船を襲うようだ。

屋形船には行商人と僧侶姿の男たちが鑓や刀を手に、身構えていた。花膳から出て来た者たちだ。

屋形船の座敷の中には宗里と秋月がいた。

宗里の計略が読めた。

囮駕籠《おとり》を仕立て、行商人と僧侶に扮して船で逃れようとしたのだ。草薙たちの裏をかいたつもりが、見破られてしまったようだ。

このまま見過ごしにはできない。

兵部の血が猛《たけ》った。

「よし」

欄干をまたぎ、屋形船に向かって飛び降りた。

兵部は敵の群れる船の屋根に飛び移った。

山伏たちが錫杖《しゃくじょう》で竿を操る船頭を蹴散らしている。草薙は座敷に入った。船頭たちは川に飛び込んだ。

「いざ！」

燃え立つ闘志で兵部は敵に斬り込んだ。

大刀を大上段に振りかぶり、敵に斬撃《ざんげき》を加える。長身から繰り出される刃に山伏たちは押され、次々と川に転落していった。

瞬く間に屋根から敵を一掃し、その勢いで船縁《ふなべり》に降り立つ。今度は浪人たちと斬り結んだ。

思わぬ敵の出現に浮足立った浪人たちと違い、兵部は堂々と対峙《たいじ》し、裂帛《れっぱく》の気合いと共に白刃《はくじん》を振るう。

刃がぶつかり合い、青白い火花が飛び散った。

船頭を失った屋形船は行き交う船とぶつかった。衝撃で屋形船が大きく揺れ、何人かの浪人が川に落下した。残った者も腰が据わらず、身体の均衡《きんこう》を崩す。

「鍛錬《たんれん》が足りぬぞ」

嘲笑《ちょうしょう》を浴びせたように兵部は微動《びどう》だにせず、すり足で敵との間合いを詰めると大刀を横一閃させた。

浪人たちは川に落ちた。

座敷を覗くと、草薙が六尺棒を下段に構え、宗里に迫っている。

「無礼者!」

引き攣った顔で宗里は草薙に怒声を浴びせた。秋月が脇差を抜き、草薙の前に立ちはだかった。草薙は六尺棒を振るった。秋月の手から脇差が飛んでいく。

「草薙法眼、来栖兵部が相手だ!」

兵部も座敷に踏み入った。

草薙は振り向き様《ざま》、六尺棒で突いてきた。兵部は難なくかわした。すると、草薙は兵部の横をすり抜け、跳躍した。

川に飛び込んだかと見えたが、落下先に猪牙舟が来た。舳先《へさき》が猪の牙のように細長く尖《とが》った一人乗りの舟である。吉原通いの男たちが利用することが知られている。

「おお、兵部ではないか」

宗里の目元が和らいだ。

「宗里さま、ここにいらしてください」

兵部はきつく言い置いてから、草薙を追いかけるべく座敷の外に出た。

猪牙舟は見る見る屋形船から離れてゆく。

側に通りかかった猪牙舟を見た。幸い客は乗っていない。

「すまぬ」

兵部は猪牙舟に乗り移った。

「な、なんでえ、あんた」

見知らぬ大柄な侍に飛び乗られ、船頭は慌てふためいた。

「頼む」

凄い形相《ぎょうそう》で兵部は、草薙が乗った猪牙舟を追うよう頼んだ。船頭は兵部の勢いに押されて櫓《ろ》を漕ぎ始めた。追う程もなく草薙を乗せた猪牙舟は大川の対岸に着けられた。河岸《かし》の向こうに町屋が広がっている。岸の反対側は幕府の御米蔵《おこめぐら》だ。

草薙は河岸に飛び降りた。

兵部を乗せた猪牙舟もやや遅れたものの、河岸に着いた。

「ここは何処だ」

兵部は銭を渡しながら尋ねた。

「南本所石原町《みなみほんじょいしわらちょう》ですよ」

多めに銭を受け取り、船頭は上機嫌で教えてくれた。

「待て！」

大音声で草薙を呼び止めたが、それで待つはずもなく草薙は河岸から土手に向かって走ってゆく。

兵部も追いかけた。

川端を行き交う、大勢の男女を縫いながら草薙は土手に上がった。兵部も行く手を阻まれながらも土手に行き着いた。

草薙は土手の反対を下る。

草薙は南本所石原町の街並みに駆け込んだ。

兵部も続く。

「草薙法眼、勝負せよ」

兵部は大音声《だいおんじょう》を発した。

草薙は振り向いた。

六尺棒を手に、兵部に向かってきた。

兵部は抜刀し、腰を落とす。

三尺の間合いを取り、兵部は大刀を大上段に振りかぶった。

焼けつくような日差しが降り注ぎ、町家の瓦が輝いている。炎昼の南本所石原町は、酷暑を嫌ってか人気《ひとけ》はない。蟬時雨《せみしぐれ》が不気味な静寂《せいじゃく》を際立たせていた。

草薙は六尺棒を頭上で旋回《せんかい》させる。

齢九十とは思えない、力強さだ。びゅんびゅんと風が鳴る。

兵部は草薙の動きを見定める。

唸りを上げる六尺棒が兵部に襲いかかった。

兵部は一歩下がると、大刀を振り下ろした。六尺棒とぶつかる。

手が痺《しび》れた。

危うく大刀を落としそうになった程の衝撃である。

間髪容れず、草薙は六尺棒で兵部の足を払った。

飛び上がり、六尺棒から逃れる。

兵部は横に走った。

草薙は体勢を整えた。

汗まみれとなった。単衣が背中にべったりと貼りつき、滝のような汗が首筋を濡らす。

息も上がってきた。

草薙の額も汗で光った。

と、やおら、草薙はくるりと背中を向け、脱兎《だつと》の勢いで走り去った。

予想外の草薙の行動であり、齢九十とは思えない敏捷《びんしよう》さであった。

「羽黒仙人め」

陽炎に歪む草薙の背中を見ながら兵部は納刀《のうとう》した。

不思議なことに妙な充実感を得た。好敵手と手合わせをしたような……そう、町田征四郎と木刀を交えた時のような……。

「ふん、何を考えておるのだ」

兵部はどうかしている、と自分に苦笑した。

第五章　虹の誘い

一

左膳は自分もまんまと欺《あざむ》かれたことに忸怩《じくじ》たるものを感じた。

傘張り小屋の前で素振りに打ち込む。滝のような汗を流してひたすらに剣の稽古に打ち込むと、幾分か沈滞《ちんたい》した気分が晴れてきた。

汲《く》みたての井戸水に手巾を浸し、絞《しぼ》ると顔や背中を拭った。日陰となった縁側に腰かけ、一休みをした。

そこへ、美鈴が西瓜を持って来た。

思わず笑みをこぼしながら塩をたっぷり塗ると、

「父上、それでは塩辛くなりますよ」

美鈴に注意されたが構わず口に運ぶ。

冷たく甘い西瓜に、

「甘いぞ」

と、逆らうように美鈴に言い立てた。

美鈴はにこっと笑い、母屋に入ろうとした。そこへ、兵部が征四郎を連れてやって来た。美鈴は満面の笑みとなり、もっと西瓜を切ってくると台所に向かった。

「征四郎殿にも昨日のこと話したところです」

兵部は左膳に語りかけた。

「わたしも駆けつけるべきだったのですが、ちと所用がござりまして……」

征四郎はぺこりと頭を下げた。

「よき仕官先が見つかったようですぞ」

左膳に兵部が言うと、

「いや、まだ決まったわけではござらぬ」

征四郎は頭《かぶり》を振った。

「よかったではないか。何処の大名家だ」

左膳も祝意を述べようとしたが、

「決まったわけではござりませぬゆえ……正式に仕官が叶ったのなら、報告を致します」

懇懃に征四郎は返した。

そこへ、美鈴が切り分けた西瓜を持って来た。

「美鈴、征四郎殿がな、仕官が叶った……いや、叶いそうだぞ」

兵部が言うと、

「まあ、それはおめでとうございます」

美鈴は深々とお辞儀をした。

「ですから……決まったわけではござりませぬので……」

遠慮がちに面を伏せ、征四郎は西瓜に手を伸ばした。

「お塩、つけてくださいね。沢山つけると美味しく頂けますよ」

声を弾ませ、美鈴は言い置くと立ち去った。

左膳は首を傾げ美鈴の背中を見送った。

「これは美味そうですな」

兵部も西瓜を食べ始めた。

「昨日は、まんまとしてやられた」

左膳は悔しそうに唇を噛んだ。

美鈴がいなくなってから、

「草薙め、まんまと裏をかいたものの、目的は達せられなかったそうですな」

征四郎は言ってから、助勢できなかったのを改めて詫び、悔しそうに歯噛みをした。

「急なることだった。止むをえぬ」

兵部は征四郎を庇った。

次いで、

「父上、昨夜も話しましたが、草薙法眼、まことに歳を感じさせない鋭い太刀筋、剛剣の類でござりました」

兵部は草薙との対決の様子を語った。

「齢九十、まさしく仙人の如きですな」

征四郎も感心して言い添えたが、左膳は違和感を抱いた。二十年前に手合わせをした草薙は雲を掴むよう、そう、まさに羽黒仙人であった。ところが、兵部の対決した草薙は剛剣を操る一廉の剣客のようだった。

それが草薙法眼の奥深さを物語っているのかもしれないが……。硬軟《こうなん》合わせ持つ、恐るべき武芸者、それが草薙法眼ということか。

左膳が草薙に思いを馳《は》せていると、俄《にわ》かに慌ただしくなった。

江戸家老秋月陣十郎が数人の家来と共にやって来た。秋月は兵部を見ると、

「殿よりの褒美《ほうび》である」

と、感状《かんじょう》と金子十両を差し出した。

「おれは、褒美が欲しくて働いたわけではない」

兵部らしいことを言って受け取りを拒んだが、

「納めてくだされ。でないと、拙者の立場が……」

困り顔の秋月に押し付けられ、

「よいではないか」

左膳にも勧められて仕方なくという体裁《ていさい》を取り、ようやく兵部は受け取った。

話題は当然、昨日のことである。

「殿は草薙法眼一派の探索を厳命《げんめい》されました。同時に清次郎さまに切腹の沙汰《さた》を下されたのです」

苦渋の表情で秋月は告げた。

「清次郎さまと草薙は共謀《きょうぼう》しておるというのですな」

左膳が返すと、秋月は力なくうなずいた。

「清次郎さまは認めておられるのですか」

左膳の問いかけに、

「清次郎さまは殿のお命を奪うなど考えたことはない、と強く否定され、白雲斎さまも切腹の沙汰に異議を唱えておられます。白雲斎さまは殿の性急さを咎《とが》め、詮議《せんぎ》を尽くせと逆に命じられました……して、困った事態になりました。殿におかれては、今回の陰謀は根深いものがある。疑わしきは悉《ことごと》く取り除けと、意気込まれ……」

ここまで語ると秋月は唇を噛んだ。

左膳は嫌な予感に囚《とら》われた。

予感は当たった。

「殿は今回の真の黒幕は来栖左膳だと疑われておるのじゃ」

困ったことだと秋月は嘆いた。

「馬鹿なことを」

兵部は憤り、褒美と感状を返すと息巻いた。左膳は兵部を宥め、

「宗里さまのこと、深くは考えず、襲撃された激情に駆られ、わしに怒りを向けておられるのだ。そうであろう、秋月殿」

と、あくまで冷静に問いかけた。

「殿が左膳殿をお疑いになられたのは、吾妻橋で襲撃を受けたためです」

宗里は妙案と信じていた囮駕籠を左膳が探知したのが怪しいと勘繰っている。

「わしは、宗里さまのお駕籠をお守りしようと追いかけたのですぞ」

さすがに、心外だとばかりに左膳は口を曲げた。

「左膳殿のご尽力はわしも川上から聞き、殿に申し上げた。じゃが、殿は左膳は羽黒組を動かし、屋形船を仕立てたことを探知したに違いない、それを知った兵部は自分への忠義と恩を忘れず、企てを阻止した、と信じ込んでおられる」

宗里の妄想《もうそう》は留まるところを知らないようだ。

「まったく、宗里さまの頭の中はどうなっておるのだ」

兵部は憤慨した。

白髪頭を何度も横に振って苦悩する秋月が誰よりも苦しんでいるようだ。

「申し訳ございませぬ」

秋月は左膳に詫びた。

苦い顔で左膳は顔を上げさせ、

「まあ、それくらいで。それで……」

秋月が言いたいことはこれからだろうと、兵部は見当をつけた。

果たして、

「左膳殿には、何が何でも草薙法眼を見つけ出せ、と仰せなのです。己と清次郎の身の証を立てたいのなら、草薙を捕えよ、と」

秋月は言ってから、理不尽な命令だと詫びた。

兵部が文句をつけようと半身を乗り出したところで、

「承知しました」

左膳は受け入れた。

それはないでしょうと、兵部は反対したが、

「わしにはな、清次郎さまが悪人には見えぬ。よって、清次郎さまの身の潔白を明かしたい」

あくまで冷静に左膳は言った。

「父上、それは甘いのではございませぬか。人は見かけによらぬものですぞ」

兵部は異論を唱えた。

「その通りだ。だがな、おまえは清次郎さまを見たのか」

「いいえ」

兵部は首を左右に振る。

「見たことも会ったこともない者を、見かけによらぬと申すことはできまい」

左膳は更に反論を加える。

「確かに」

兵部が認めると、

「そんなにも清次郎さまは信用のおけるお方なのですか」

征四郎が問いかけた。

「わしの目にはそう映った。少なくとも、鶴岡藩の領民のために尽くしたいと言う言葉に偽りはない」

「意見書を出されたそうですが」

征四郎の問いかけに左膳は首を縦に振り、

「誠意ばかりか実践に基づいた意見書であった。それは、鶴岡藩領内をつぶさに見て回らぬ限りには書けぬものであった」

「つまり、清次郎さまがいかに鶴岡藩に根差したお暮しをしてこられたのかを物語っておるのですね」

「それは意見書の中身ばかりではない。清次郎さまの手……そう、あれは武芸の鍛錬ばかりか、野良仕事を重ねたことを物語っておった。更には言葉じゃ。丁寧な武家言葉を使ってはおられたが、言葉の端々に鶴岡の訛りが感じらえた。すなわち、領民たちと交わっていたことを物語っておる」

左膳は言った。

「なるほど、さすがは左膳殿、よく見ておられますな」

秋月は感心したように首肯した。

兵部が、

「では、父上は清次郎さまが草薙に利用されているのだとお考えなのですな」

「そういうことになるのであろう」

左膳にしては曖昧《あいまい》な答えに、

「つまり、清次郎さまは草薙が宗里さまを暗殺するなど、考えてもおらなかったと」

「そうだと思う……清次郎さまは意見書を宗里さまに渡し、政に役立てて頂こう、それだけを願い、江戸に出て来られたのだ」

「甘いなあ。そんなきれいごと……」

兵部は一笑に伏した。

「いかにもきれいごとだ。だが、そんな素朴さゆえに、清次郎さまは利用されたのだ」

むきになって左膳は言い募《つの》った。

「草薙にうまく利用されているにすぎないと、あくまで父上はお考えなのですな」

兵部は納得できないと眉間《みけん》に皺《しわ》を刻んだ。

「草薙法眼についても、わしは疑念を抱いておる。あの御仁、昔は世間とは関係を閉ざし、それこそ仙人のようであった。それが、こうも世の欲に掻き立てられるとは、わしにはわからぬな」

左膳は首を捻った。

「仙人とて、欲はあるのでござろう」

深くは考えず兵部は言った。

「しかし、齢九十だぞ。それで、欲に駆られ、御家乗っ取りなどという大それた企てなどするものであろうかな」

左膳の疑問はつきない。

「父上、清次郎さまに肩入れの余り、目が曇ってしまわれたのではござりませぬか」

兵部が揶揄《やゆ》したところで、

「わたくしも、父上と同じ考えです」

美鈴の声が聞こえた。

二
「なんだ」

兵部はむっとして美鈴を見返した。

「清次郎さまはきれいなお心のお方だとお見受けしました」

美鈴は言った。

「そうか、おまえは会ったのだったな。だがな、世間知らずのおまえが一度会っただけで、人なんぞ、わかるものではないぞ」

頭から馬鹿にしたような兵部の言い方に反発ではなく、美鈴は笑みを返して、

「清次郎さま、庭の草取りを手伝ってくださったんです。しかも、おざなりな作業ではなく、心が籠っておりました。それに、子供たちとも遊んでくださったのです。子供の心は純真です。悪い大人を見抜くのです。子供たちは、それはもう楽しそうでしたよ。あれから、手習いのたびに、「清次郎お兄ちゃんは、いつ来るの」と聞かれて返事に困っているのです」

「だから、それもな……」

兵部は芝居なのだと言い立てようとしたが、

「清次郎さまに偽りはござりませぬ」

美鈴は譲らなかった。

尚も言い立てようとする兵部を左膳は制し、

「ともかく、清次郎さまというお方、黒き陰謀とは無縁としか思えぬ。よって、清次郎さまの潔白を立てるためにもわしは草薙法眼を捕まえる」

左膳は請け合った。

「かたじけない」

秋月は深々と頭を下げる。

「くれぐれも、宗里さまには軽挙妄動《けいきょもうどう》を慎《つつし》むよう釘を刺してくだされ」

左膳は強い語調で頼んだ。

「承知した」

秋月は深々とうなずいた。

「わたくしからも、よろしくお願い致します。どうぞ、清次郎さまの濡れ衣《ぎぬ》を晴らしてください」

美鈴は左膳に言った。

兵部は憮然《ぶぜん》としたが、それ以上口を挟むことはなかった。

秋月が帰ってから、長助が戻って来た。

母屋の居間で報告を受ける。

長助は昨日の花膳周辺の聞き込みを行ってきた。

「青物売りの振りをして花膳に行っただ」

竹籠に青物を入れ、花膳の台所に入った。すると料理人からけんもほろろの扱いを受けたそうだ。出入りを許した青物売り、農民以外からは一切購入しないと言われたそうだ。しかも購入する日は決めているという。

「ほんで、おら、大峰のお殿さまと清次郎さまの対面の時のこと、訊いただ」

対面当日、近在の農民たちが青物を売りに来た。大峰家の貸し切りの日に青物を買い入れたのはおかしいと思ったからだ。

やって来た農民たちは花膳に出入りする者たちではなかったそうだ。それでも、大峰家のお偉いさまの許しがあった、と台所に入って来て、宗里と清次郎の対面が終わるまでいたのだった。

「青物はしなびているし、ろくに言葉を交わさないし、一体何しに来たんだって、料理人さんたちは怒ってましただよ」

長助は茫洋《ぼうよう》とした顔で報告を終えた。

左膳も覚えている。近在の農民と思しき者たちが青物を売りに来たのを大峰家の侍たちが追い返そうとした。それを鷹揚《おうよう》に秋月が許したのだ。

「それと、白雲斎さまが、小春におられますだ」

長助は言い添えた。

「ほう、そうか」

何か気になることがあるのだろう。

「わかった」

期待と不安を入り混じらせながら答えた。

小春にやって来た。

春代がにこやかに迎え、

「奥にいらしています」

と、白雲斎が来ていることを教えてくれた。

店を突っ切ると、裏座敷に白雲斎はいた。井戸水で冷やした竹の筒に入れた清酒を

美味そうに飲んでいる。食膳には鯉《こい》こく、鰻《うなぎ》の蒲焼《かばやき》が用意されていた。左膳も一杯飲み、

「秋月殿から聞きました」

と、宗里から身の潔白を立てることを命じられたこと、草薙法眼を捕まえるよう命じられたことを語った。

「宗里らしいのう」

白雲斎は言った。

「清次郎さまには切腹を命じられたそうですな」

「そうじゃ」

白雲斎は困った奴だと宗里をくさした。

「清次郎さまは草薙たちに利用されているのでしょう」

清次郎への見方を述べ立てた。

「なるほどな」

白雲斎はうなずいた。

「白雲斎さま、何か」

左膳は白雲斎の態度に違和感を抱いた。白雲斎ならば、清次郎の素朴さ、純粋さを

よく理解していると思っていたのだが、不穏《ふおん》さを左膳は抱いてしまった。

「なんか、妙でな、あ、いやあ、これは、わしの思い過ごしかもしれぬのだが」

白雲斎は言った。

「何事でござりますか」

左膳は危ぶんだ。

「昨晩のことじゃった」

白雲斎は言った。


花膳から中屋敷に戻り、白雲斎は草薙の居室を調べさせた。草薙は消え去っていた。

自分の書斎に清次郎を呼ぶ。

「お師匠さま、いかがされたのでしょう」

清次郎は花膳を出てから中屋敷に戻って来ない草薙の身を案じた。

「宗里から報せが届いた。草薙は手下《てした》を率いて、宗里を襲ったそうじゃ」

白雲斎に聞かされ、清次郎は目を大きく見開いた。

「何か聞いておらぬか」

白雲斎は決して責め立てはせず、極めて穏やかに問いかけた。

清次郎は首を左右に振った。

「そなたが知らぬところで、草薙は動いておるということじゃな」

「お師匠さま……」

草薙の身を案じ、清次郎は唇を嚙み締めた。

「そなたを大峰家の当主にしたいという一心から出た企てなのかもしれぬ」

白雲斎は続けた。

「わたしのために……わたしは、決して兄上に取って変わろうなどと思っておりませぬ。そのことは、お師匠さまもよくご存じです」

切々と清次郎は訴えた。

「それが、草薙には歯がゆかったのかもしれぬぞ」

「そんな……」

「領民思いのそなたこそが、藩主にふさわしいと思っての行いかもしれぬな」

白雲斎の考えを聞き、

「ですが、わたしは藩主など……そんな大それた気持ちはござりませぬ」

清次郎は思い詰めた様子で繰り返した。

「そなたの気持ちはわかる。しかし、草薙はそれをよしとしなかったのだろう。草薙にすれば、そなたの才を埋もれさせるのを惜しんだとも考えられる。しかし、藩主の命を狙ったとあれば、大罪人《だいざいにん》である」

「わたしも同座《どうざ》すべきものと存じます」

清次郎は言った。

白雲斎はそんな清次郎に万感《ばんかん》の思いを込めた。

「お咲が生きておったなら、どんな思いでおるんであろうな」

清次郎もうなずく。

「まもなく命日じゃな」

しみじみと白雲斎は呟いた。

清次郎は口を閉ざした。

「十二日であったか……」

確かめるように白雲斎は清次郎を見た。

「まこと、優しき母でござりました」

清次郎は遠くを見るような目をした。白雲斎も目をしばたたく。

「お師匠さまの身が案じられてなりませぬ」

盛んに清次郎は草薙の身を案じた。

白雲斎は違和感を抱いた。

「何が違和感でござりますか」

左膳が問いかける。

「お咲の命日じゃ。お咲の命日は十二日ではなく二十二日であった。あとで、思い出したのじゃがな」

「つまり……」

「清次郎は母の命日を覚えておらなかった」

呟《つぶや》くように白雲斎は言った。

「偶々《たまたま》、間違えたのではござりますまいか。あ、いや、母親の命日を間違えるはずはありませぬな。親不孝者ならばともかく、領民思いの清次郎さまが、女手一つで育ててくれた母親の命日には毎年、毎月供養《くよう》しているに違いありませぬ」

左膳も白雲斎の疑念を受け入れた。

「それだけで、清次郎に黒い疑念を抱くのは早計《そうけい》かもしれぬが、今回の騒動、わしは何かを見誤っておるのではないかと、そんな気がしてな」

悩ましげに白雲斎は竹の杯に見入った。

「見誤る……ですか」

左膳も思案を巡らせた。

「羽州風来組、草薙法眼、落胤《らくいん》清次郎、宗里暗殺……果たして我らが見ておるものの通りであろうかな、と疑念を抱いたのじゃ」

白雲斎の言葉を左膳も嚙み締めた。

ふと、

「そういえば、わしもひとつ違和感を抱いたことがございます」

左膳の言葉に白雲斎は話せと目で促す。

「草薙法眼殿です。二十年も前、わしは草薙法眼殿と手合わせを致しました。その時はまるで仙人を相手にしておるようであったのです。それが、昨日、兵部と剣を交えた時は、脂《あぶら》の乗った剣客のようであったのです。草薙殿、九十を過ぎ、若返ったようでな……羽黒仙人ゆえ、歳は取らないどころか若返るのでしょうかな」

皮肉な笑いを左膳は放った。

「いくら、草薙といえど生身の人じゃ。若返るはずはない。となると……」

白雲斎は考えを左膳に求めた。

「草薙法眼、偽者ですか」

左膳が言うと、

「そう考えると、納得できることがある。花膳でのことじゃ」

白雲斎も草薙の奇妙な所業を思い出したと言い添えた。

「と、おっしゃいますと」

「あの時、草薙はほとんと言葉を交わさなかったであろう。そなたとも、ほとんどやり取りはしなかったな」

「預けた羽黒組について問いかけても答えてはくださいませんでした」

左膳が答えたところで、白雲斎は怪しいと呟いてから、

「もし、草薙法眼と清次郎が偽者であったのなら……今回の一件、まったく違うものに見えるのう」

どうじゃと左膳に意見を求めた。

「偽者の羽黒仙人と御落胤……としますと、宗里さま暗殺は完全なる御家乗っ取りとなります。偽の清次郎さまには、大峰家を継ぐ資格もしかるべく待遇《たいぐう》を得る資格もござりませぬ。御家乗っ取りを企てる悪党である、ということになりますが、ひとつ解《げ》せないのは、清次郎さまです」

左膳は清次郎について疑問を呈した。

「あの意見書、鶴岡藩領と大峰家の内情を熟知していないことには書けないと存じます。特に領内の実情は、聞いたことを書いたのではなく、実際に領内に住み、領民と共に暮らさなければ書けるものではありませぬ。そう考えますと、あの清次郎さまは鶴岡藩内にて生まれ育ったに違いありませぬ」

「大峰家の者ではないとすると領民、つまり農民であるな」

白雲斎もうなずいた。

「加えてあの人柄です。あれは、決して偽善や芝居とは思えませぬ。心の奥底から大峰家と鶴岡藩の領民の暮らしに尽くしたいという誠意が感じられます」

語ってから左膳は美鈴から聞いた草取りの挿話《そうわ》を言い添えた。

「清次郎は草薙法眼を語る者に利用されているということか」

白雲斎は言った。

「おそらくは……」

「とすると、わしが与えた御札と脇差を何らかの方法で奴らは手に入れ、今回の企てをした。だとすると、本物の清次郎と草薙法眼は……」

遠くを見るような目を白雲斎はした。

「おそらくは、この世の者ではないでしょう」

落ち着いて左膳は言った。

「なんと……」

白雲斎は天を仰いで絶句した後、ふと気づいたように疑問を呈した。

「しかしじゃ、仮に、宗里暗殺が成功したとして、それで大峰家を乗っ取ることができようか。いくら、宗里の政に不満を抱いておる者でも、宗里が草薙率いる羽州風来組なる怪し気な者どもに殺されたとあっては、清次郎を藩主に迎えはするまい。それに、公儀とて黙ってはおるまい。宗里を暗殺して藩主に成り代わろうとする者を新藩主とは認めないであろう。そんなことは草薙たちもよくわかっておるはず。しかるに、宗里を暗殺し、大峰家を乗っ取ろうとは解《げ》せぬな」

白雲斎は、「解せぬ」と繰り返した。その言葉を受け取り、

「解せぬ、と申せば、宗里さまが吾妻橋で襲撃されたこともでござります」

左膳も疑問を投げかけた。

白雲斎は口を閉ざし、続けよと目で促す。

「囮の駕籠を仕立て、その裏をかいて船で帰る、という宗里さまの計略は、草薙に見破られてしまったのですが、草薙はどうしてわかったのでしょう」

「確かに妙じゃな」

白雲斎も唸った。

「大いに腑《ふ》に落ちませぬ」

「まったく、腑に落ちぬことだらけじゃ。が、来栖左膳ならば、草薙らが何を企んでいるのか、きっと、明らかにしてくれるであろう」

期待の籠った目を向けられ、

「ご期待に応えるべく粉骨砕身《ふんこつさいしん》努力致します」

左膳は答えたものの、言葉に力が入らない。宗里のために働きたくない、というわけではない。とにかくすっきりしない一件だからだ。もやもやが晴れない。

「どうした、そなたらしくもない。曇った顔をしおって。雨か晴か、傘が必要か必要でないか、そんな天気のような来栖左膳ではないか」

白雲斎は酒を勧めた。

左膳は手酌で竹筒から杯に酒を注いだ。蒲焼を食べ、ぐびりと杯の酒を飲み干した。

「白雲斎さま、今回の一件、頭から順序だてて整理したいと存じます。くどいような繰り返しになりますが、お付き合いください」

左膳の頼みを白雲斎は快く聞き入れた。

「発端《ほったん》は、大峰家中で宗里さま暗殺の噂が流れておるというものでした。白雲斎さまは、それを誰からお聞きになられましたか」

「川上じゃ」

「川上は誰から聞いたのでしょう」

「上屋敷でそんな流言《りゅうげん》がある、と申しておったな」

「それは、上屋敷と中屋敷に投げ文がある前でございますな」

左膳は念押しをした。

「その通りじゃ。投げ文に宗里の命を奪う、と記されたゆえ、噂が真実味を帯びた、ということであった」

はっきりと白雲斎は答えた。

「草薙や羽州風来組は投げ文をしたとしても、前もって宗里さま暗殺の噂を家中で流すことはできませぬ。できたとしたら、家中に協力者がいるということです」

「異論なしじゃな」

白雲斎は首を縦に振った。

「次に、江戸市中を騒がす辻斬り騒動が発生しました。やくざ者、夜鷹を襲っておりましたが、やがて狐目の万蔵なる博徒の賭場の上がりを奪う挙《きょ》に出ました。その頃から羽州風来組と名乗ります。千両もの大金を奪われた万蔵は子分に穴埋めをさせようとします。困った子分たちは羽州風来組を騙《かた》って柳原土手で春をひさいでおった夜鷹たちから金を奪います。ここで疑問は、子分たちの所業は草薙たちの企てに無関係としましても、万蔵の賭場の上がり、千両をどうして奪ったのか、という疑問です」

「そなたは、宗里暗殺にあたっての軍資金だと推量したな」

左膳はうなずいてから、

「自分で推量しておいて、それはおかしいと存じます。千両もの大金を軍資金にするものでしょうか。宗里さま暗殺を行うにあたりまして、大量に武器や浪人などを雇い入れるつもりだったのでしょうか。実際、草薙が率いる羽州風来組が宗里さまを襲った時、精々《せいぜい》十人、武器も特別なもの、たとえば鉄砲、弓なども用いませんでした」

「左膳の申す通りじゃな。とても千両もの軍資金を活用したとは思えぬ。とすると、千両は何に必要だったのであろう」

白雲斎も疑念に駆られたように首を捻った。

「話は前後致しますが、わしは内川を訪ねました。白雲斎さまが懸念なさった、羽州風来組との繋がりを探るためです。内川の暮らしぶりはすさんでおりましたが、それでも、辻斬りに身を落としたようには見えませんでした。わしはほっと安堵し、酒に誘いました。その帰り、黒覆面の侍たちに襲われました。中には、相当な手練れがおりました。無敵と自負致します『剛直一本突き』をかわす程の腕でした。そ奴らは羽州風来組、そして狙いはわしではなく、内川のようでした。このことから、たとえ辻斬りには関与しなくとも、内川が羽州風来組と何らかの繋がりはあると、想像できます」

ここで一旦《いったん》、話を打ち切り、白雲斎を見た。

「よかろう。続けよ」

白雲斎に促され、左膳は話を再開した。

「その後、白雲斎さまの御落胤が草薙法眼に伴われて現れました。偶々、国許に使いを立て、草薙殿を訪ねさせたところ、草薙殿は若い侍を伴って羽黒山から旅に出た、ということでしたから、清次郎さまと草薙が江戸にやって来たのはそのことに一致する、と思いました。ところが、これが草薙の企てが本格化するものだったのです」

「清次郎と宗里の対面を宗里暗殺の好機と考えたのじゃな」

白雲斎は言った。

「普通に考えれば、草薙は宗里さま暗殺を成就《じょうじゅ》できたのです」

「しかし、偶々、兵部の邪魔が入った。それゆえ、宗里を取り逃がした……のであろう」

不安げに白雲斎は聞いた。

「違います」

左膳は首を左右に振った。

三

白雲斎が訝しむと、

「兵部の働きを否定するつもりはござりませぬ。むしろ、兵部は機敏に動き、宗里さまの窮地《きゅうち》に臨んだことは褒めてやりたいと思います。わしが違うと申しましたのは、草薙には宗里さまのお命を奪うつもりはなかったのです」

左膳は答えたものの、それは白雲斎の疑念を一層深めるばかりだった。

「兵部の話によりますと、屋形船の中、草薙は宗里さまに迫ったのですが、六尺棒を構えたまますぐには襲わなかったのです。兵部が屋根や船縁の敵を片付けるまでに、草薙なれば宗里さまのお命を奪えたはずです。しかるにそうしなかった……これは妙です」

「なるほど……殺せるのに殺さなかった……確かに奇妙じゃ」

「兵部は夢中で気に留めなかったようですが、その場にいなかったわしだけに、その時の様子は奇妙に思えるのです」

「左膳の申す通りかもしれぬな……ということは、草薙率いる羽州風来組は宗里の命を奪う気はない、ということになるか」

「わしはそう思います。では、一体何のために、草薙は、いや、草薙法眼を騙る者は清次郎さまの身代りを立て、宗里さまのお命を奪う芝居を打ったのでしょう」

一言一言、嚙み砕くように左膳は問題を投げかけた。

「左膳、勿体《もったい》をつけるな。そなたの頭の中には、回答が出ておるのであろう」

白雲斎はにんまりと笑った。

左膳も笑い、

「回答は得られておりませぬ。ただ、白雲斎さまと一連の騒動を振り返り、回答を導く鍵はわかりました」

「鍵とな……」

「鍵を握る人物です」

左膳は言い添えた。

誰だ、と白雲斎は目で問いかけている。

「江戸家老秋月陣十郎……殿」

　左膳は答えた。

「秋月じゃと、あの昼間の月がか」

　冗談であろうと白雲斎は否定しかけたが左膳の真剣な面持《おもも》ちを見ると、自分も真顔《まがお》になった。

「秋月が今回の騒動に絡《から》んでおると申すのじゃな」

　白雲斎の言葉に左膳は小さく首を左右に振り、

「絡むどころか首謀者《しゅぼうしゃ》ではないかと、わしは思っております」

　と、言った。

「ほう、昼月がのう……わけを申せ」

　白雲斎も興味を抱いたようだ。

「まず、上屋敷、中屋敷で流れた宗里さま暗殺の噂、秋月殿であれば、容易に流せましょう。加えて、わしが秋月殿に疑念の目を向けたのは、草薙率いる羽州風来組による宗里さま襲撃です。囮駕籠で羽州風来組の裏をかいた宗里さまを襲った企て、草薙はどうやって探知をしたのでしょう」

「なるほど、秋月なれば、草薙に漏《も》らせるわけじゃな」

「更にあの日、花膳の中は大峰家の家臣が厳重に警固しておりました。店の中をまめに巡回しておったのです。役目に忠実な者が青物を売りに来た百姓を追い払おうとしたのを、秋月殿は、入れてやりました。結局、その百姓どもは羽州風来組の者たちであったことを思えば、秋月殿はそれをわかっていて、花膳に入れた、と考えられます」

左膳の推量を白雲斎は思案するように両目を瞑った。咀嚼《そしゃく》するように間を置いてから、

「何故、秋月は草薙と共に今回の陰謀《いんぼう》を企てたのであろうな」

「想像ですが、金ではないでしょうか」

「私服を肥やすためと申すか」

「それもありましょうが、保身のためではないかと思います。秋月殿は勘定方一筋、勘定奉行を二十年の長きに亘《わた》って務めておられます。大峰家の台所は隅から隅まで精通しておられるお方。ところが、わしが御家を去る前あたりから、勘定が合わないという声を勘定方の役人から漏れ聞くようになりました。また、兵部が万蔵に話を訊いたところ、上屋敷の賭場には、内川のような下っ端の役人ばかりか、お偉いさんも関係している、と匂わせていたとか。勝手な想像を膨らませてみれば、秋月殿は万蔵の

賭場に通っておったのではないでしょうか。それで、借金を作り、その穴埋めに御家の公金を使った」

「そなたは保身と申したが、秋月にしてみれば勘定奉行の役務を懸命に務めておったのじゃろう。わしも宗里も便利使いして、秋月の苦労など斟酌してやらなかった。秋月は一人で抱え、うっぷんを博打で晴らすようになったのじゃろう。哀れな奴よ」

白雲斎はため息を吐いた。

「ですが、そこで踏み止まるかどうかで人の値打ちが決まると存じます……御家を去ったわしが偉そうには申せませぬか」

伏し目がちに左膳は返した。白雲斎は何度かうなずき、

「さもありなんじゃな。真面目一方の男、なまじ博打を知れば、のめり込んでしまう……秋月もそんな一人か」

「内川が切腹をする前に申しておった福の神、というのは秋月殿かもしれませぬ。内川は万蔵の賭場で用心棒をしておりました。秋月殿が万蔵の賭場に通っておるのを知っておったとしましても不思議はございませぬ。わしと飲んだ帰り、秋月殿は羽州風来組に内川の口を封じさせようとしたのだと思います」

「ところが、来栖左膳によって羽州風来組が撃退された。内川は秋月の差し金だろう

と見当をつけ、秋月を脅した、ということか。秋月は脅しに応じる振りをして、今度こそ、羽州風来組の者に内川を始末させた」

白雲斎は言った。

「それで間違いはなかろうと思います」

左膳は断じた。

「秋月が真の黒幕として、今後更なる大金を狙おうというのじゃな」

白雲斎は推測した。

「大峰家から大金を盗み出すとすると……」

「上屋敷の金蔵を襲うのか」

「それはどうでしょう。いくら、羽州風来組といえど、大名藩邸の金蔵を襲うのは危な過ぎるのではないでしょうか」

左膳は首を傾げた。

「となると……」

白雲斎も思案に入る。

「大金を持ち出す機会はござりませぬか。これほどの大がかりな企てであるからには、まとまった金、三千両くらいは狙っておるのでは、と推察致すのですが」

左膳は問いかけた。

「たとえば菩提寺への寄進《きしん》などじゃな。そんな話は聞かぬな。出入り商人への支払いは、上屋敷で済ませる。上屋敷での火災に備えて、中屋敷、下屋敷に金子を移す、という計画でも秋月は練っておるのかもしれぬな」

白雲斎は言った。

左膳は思案の後、

「その辺のところはよくわかりませぬが、肝心要《かんじんかなめ》のような気が致します」

「ならば、どうあっても探り当てねばならぬが、左膳、羽黒組は使いものになるか」

「長助を使います。それには、白雲斎さまのお手助けをお願い致します」

左膳は慇懃に頭を下げた。

「苦しゅうない。何なりと申せ」

白雲斎は鷹揚に承知した。

「では、わし宛に文をお書きください。火事に備えて、上屋敷から中屋敷に千両箱を五つ、移したい、ついては、宗里に命ずれば反発をする、清次郎の影を見るかもしれぬ、よって左膳から秋月を口説いて欲しい、というような文面でお願い致します」

左膳は頭を下げた。

「よかろう」

快く白雲斎は承知した。

「その文を口実に秋月殿を拙宅《せったく》に呼びます。秋月殿は、企て成就《じょうじゅ》に向かって動くでしょう。さすれば、敵の狙いはわかります」

「よし」

白雲斎の顔が晴れた。

「そうそう巧《うま》く事が運ぶかわかりませぬが、とにかく、やってみます」

左膳は酒を飲んだ。

そこへ、折よく春代が酒の追加と料理を運んで来た。簾《すだれ》が夕風に揺れ、風鈴の音色が心地よい。

「いかがですか、お料理」

春代に訊かれ、

「満足じゃ」

白雲斎は満面の笑みで答えた。

左膳は黙っている。

「大殿さまは、褒《ほ》めてくださるのに、御家老さまは美味いともまずい、ともおっしゃってくださらないのですよ」

すねたように春代は言った。

「それはいかぬな。左膳、人は褒めてこそ育つのじゃ。おまえも家老であった頃、申しておったではないか」

白雲斎がからかった。

「育つも何も……」

左膳は曖昧に口ごもった。

「亭主に先立たれ、小春の味を守っておるのじゃ。励まさないでどうする」

白雲斎は、「美味い」と繰り返した。

春代はごゆっくりと言い置いて出ていった。

四

翌々日の十八日の昼、左膳宅に秋月陣十郎がやって来た。

左膳は秋月を母屋の居間に招き入れた。今日は青天というわけにはいかず、曇り空が広がっている。日輪は隠れているが、風は湿っぽく生暖《なま》かい油照りだ。このため、ぬめっとした嫌な汗が首や背中にまとわりつく。

「暑いですな」

秋月は扇子《せんす》で煽ぎながら言った。

美鈴が冷たい麦湯を持って来た。目を細めて秋月は麦湯を飲み干す。

「白雲斎さまから何か頼み事と耳に致しましたが……ひょっとして、清次郎さまのことですか。咎めるなとお望みなのではございませぬか」

秋月が推察すると、

「これを御覧くだされ」

左膳は白雲斎の書状を手渡した。

秋月は目を通すと、顔が今日の天気のように曇った。

「白雲斎さまは、火事を危惧しておられる。そのお気持ちはわかりますな」

と、左膳は言った。

「白雲斎さまのご心配はわかります。確かに、千両箱を上屋敷にのみ置いておくのは心配ですな。いずれ、中屋敷、下屋敷に移すことを検討せねばなりませぬでしょう」

賛同するようなことを言いながら、秋月は結論を先送りにした。

「検討は必要ですが、やるなら早い方がよい、と存じますぞ。大峰家とは無縁のわしが口を挟むことではござらぬが」

憂うように左膳は言った。

「おっしゃる通りですな。しかし、殿は何と申されるか。中屋敷に千両箱の一部を移せば、清次郎さまを担ごうとする一派……羽州風来組ではなく、大峰家の者でござるが、彼らによって利用される、と勘繰られるのではござらぬか」

秋月は反論した。

「宗里さまなら、そうお考えでしょうな。ですが、これは白雲斎さまの強い意思でもあるのです。と、申しますのは、白雲斎さまは、今回の提案を宗里さまにぶつけることで、試しておられるのです」

「試すとは……」

「宗里さまの白雲斎さまへの信頼です。ここ数年、大峰家の台所におきまして、帳簿に穴が空いておりましたな。宗里さまは、白雲斎さまの浪費を疑われました。白雲斎さまは、ご自分の費えは明白にしており、何ら後ろ指を指されるものではない、と憤慨なさりました。宗里さまもそれ以上の追及は遠慮なさいましたが、白雲斎さまには大きなわだかまりが残りました。今回、千両箱を移すのを宗里さまが躊躇われたのなら、宗里さまへの不満は高まります。ましてや、清次郎さまの一件もあったのですぞ、そうなれば、白雲斎さまと宗里さまの間が……」

左膳は肩をそびやかした。

「なるほど」

秋月は唸った。

「宗里さまを説得してくだされ」

左膳は言った。

「そうですな」

うつろな目で秋月は了承した。

「ところで、宗里さま、少しは心落ち着かれましたか」

「左膳殿は草薙と羽州風来組の所在を摑んだのかと、苛立っておられますがな」

秋月は苦笑した。

「これは、参りましたな」

左膳は自分の額を手で叩いた。

「それでは、これにて」

秋月は腰を上げた。

左膳は縁側に出た。

「長助、頼むぞ」

控えていた長助に秋月を尾行するよう頼んだ。

風呂敷包みを背負い、長助は行商人に扮している。

薄日がじりじりと照りつける油照りの昼下がり、秋月を乗せた駕籠は大川を渡り、南本所石原町に至った。

兵部が草薙法眼と刃を交えた町だ。

秋月の駕籠は長屋の木戸に着けられた。駕籠かきに垂れが捲り上げられ、秋月が駕籠から下りる。秋月は木戸を潜り、路地を進んだ。長助も中に入った。路地の両側には間口《まぐち》九尺、奥行き二間《けん》のいわゆる棟《むね》割《わ》り長屋が建っている。

狭い路地で遊ぶ子供たちを退かしながら秋月は長屋の中程で立ち止まった。風を入れようとしてか腰高障子が半分開いている。秋月は腰高障子を叩き、

「わしじゃ」

と、声をかける。

程なくして、腰高障子の隙間から男が顔を出した。

町田征四郎が秋月を迎えた。

「そういうことだんべ」

長助は茫洋な顔でうなずく。

征四郎と町田は中に入った。長助は長屋の裏手に回った。征四郎の家の裏で身を屈《かが》める。裏も障子が半分開いていた。草鞋《わらじ》の紐を直すふりをして征四郎と秋月のやり取りに耳をそばだてた。

「まずい。大殿が余計なことを申し越された」

秋月は白雲斎が火事に備え、上屋敷の金蔵にある千両箱を中屋敷と下屋敷に移すよう求めてきたことを話した。

「ならば、移す前に奪わねばなりませぬな」

征四郎は言った。

「幸い、明後日の昼、殿が花膳にて上臈御年寄、飛鳥小路さまをもてなす。その際、三千両を贈る手筈《てはず》じゃ」

秋月の言葉を受け、

「承知しました。その三千両を頂戴しましょう」

「先日同様、囮駕籠を仕立てる。三千両を乗せた駕籠は町駕籠。警固も手薄じゃが、花膳の周辺には農民、行商人に扮した大峰家家臣を潜ませる。殿の策じゃ」

ふんと秋月は鼻を鳴らし、宗里を小馬鹿にした。

「なに、大峰家のやわな連中など何十人、何百人おろうが、我ら羽州風来組の敵ではござらぬ。そうだ、花膳の近くに竹林がありますな。そこに潜んでおりましょう」

征四郎は自信を示した。

五

左膳は長助の報告を受け、草薙法眼が町田征四郎の変装だとわかった。内川と酒を飲んだ後、黒覆面を被って襲って来た侍のうち、剛直一本突きを破ったのも征四郎であろう。

金に目が眩《くら》んだ征四郎に怒りと哀れを覚えた。傘張りを手伝ったのは、左膳の動きを探るためだったのだろう。

左膳は長助だけを連れ、花膳近くの竹林にやって来た。菅笠を被り、紺地無紋の単衣に同色の裁着け袴、腰には大小を落とし差しにしている。鋭い眼光を放ち、引き締まった身体の左膳は並々ならぬ剣客の風格を漂わせている。

長助は風呂敷包みを背負っていた。敢《あ》えて兵部には征四郎の正体と企みを教えていない。無事、落着《らくちゃく》すれば報せるつもりだが、今、兵部が知れば激情に駆られ、己を失いそうだ。そうなれば、羽州風来組退治をしくじる。征四郎を討ち漏らすかもしれない。

「ここで待っておれ」

竹林の前で左膳は長助に命じた。

空を見上げる。雲行きが怪しい。西の空に黒雲が立ち込め、生暖かい風が吹きすさび、竹の枝を揺らしていた。

左膳は菅笠を脱ぎ長助に手渡すと、竹林に足を踏み入れた。

足首まで伸びる下ばえにをそっと踏みしめ、奥へ進む。樹間に浪人二人の姿が見えた。

「三千両、頂きだ」

「奪ったら、上方《かみがた》へでも遊山《ゆさん》にゆくか」

彼らは捕らぬ狸《たぬき》の皮算用《かわざんよう》をして盛り上がっていた。

左膳は足音を消し、迅速《じんそく》に詰め寄ると二人の鳩尾《みぞおち》に大刀の柄頭《つかがしら》をぶち当てた。次いで間髪容れずもう一人の首筋に手刀《てがたな》を叩き込んだ。

二人は左膳の姿を確認する暇もなく倒れ伏した。

更に奥に進む。

今度は山伏が三人いた。

彼らは左膳に気づき、咄嗟《とっさ》に錫杖を振り上げた。

が、竹の枝が邪魔をして攻撃に移るのに手間取った。対して左膳は悠然と抜刀する。下段に構えたまま彼らに迫り、垂直に斬り上げ、斬り下げる。三人の錫杖が両断された。

狭い空間で効率よく斬撃する、来栖一刀流ならではの技がさく裂した。

次いで、恐怖におののく三人の首筋に峰打ちを放った。三人はひざから頽《くずお》れる。

竹がしなり、大きな音を立てた。

仲間の異変に気づいた羽州風来組が近づいてきた。

浪人と山伏が混じった十人ばかりが左膳に向かって来る。

「来い！」

腹の底から大音声を発し、左膳は来栖一刀流とは思えない、払い斬りを放った。大《だい》胆《たん》に動き回り、竹を切り倒す。

「おおっ」

羽州風来組が悲鳴を上げた。

切り倒された竹が彼らを襲った。

彼らは散り散りとなって逃げ惑う。左膳は追わず、その場に踏み止まると、

「草薙法眼、出て参れ！」

と、叫び立てた。

程なくして草薙が現れた。

「草薙……いや、町田征四郎、わしは悲しいぞ」

左膳は語りかけた。

草薙は口を閉ざしていたがやがて哄笑《こうしょう》を放った。

「さすがは御家老、よくぞ見抜かれた」

草薙は白髪の鬘《かつら》と髭を取り、錫杖を投げ捨てた。

町田征四郎の精悍《せいかん》な顔が現れた。

「金に目が眩んだのか」

左膳の問いかけに、

「それもある。金は欲しい。それに加え、大峰宗里に一泡吹かせてやろうと思った。老中になることに四苦八苦し、藩政をおろそかにする宗里にな。国許を巡り、民の疲弊ぶりを目《ま》の当たりにした。信じてはくれぬであろうが、宗里から奪った金の一部を

民へ施こそうと思った。藩主の金をおれが藩主や役人どもに代わって民に使ってやるのだ。そもそも、来栖殿とて宗里の政には異を唱えたではないか」

征四郎は吐き捨てた。

「宗里さまに諫言致した。それゆえ、罷免された。おまえはいくら民に施すと申しても、お為ごかしにしか聞こえぬ。おまえの手下どもは遊興に費やすことにしか関心がないではないか。たとえおまえに民を救う志があっても、罪もない者を殺して奪った金など一時の暮らしはしのげても長続きはしない。大地に根ざした暮らしを築くことこそが領民を治める御家の務めだ。おまえは、己が欲を満足させるため、清次郎を利用した。清次郎、あの者、まことの清次郎ではないな」

「あ奴は利用した。思えば、偶然の出会いが今回の企ての発端《ほったん》となった」

征四郎は回国修行中、本当の清次郎に出会った。清次郎は重い病を患《わずら》い、征四郎が鶴岡藩大峰家の浪人と知り、白雲斎に返してくれと脇差と書付の入った御札を託した。併せて、自分を武士として育て、教育してくれた草薙法眼に感謝の言葉を伝えてくれと頼んだ。

征四郎は脇差と御札が白雲斎の御落胤を証明するものと知り、鶴岡藩領に出向き羽黒山に草薙法眼を訪ねた。

たのだ」
「天の思し召し、わたしにも運が巡ってきたと思った。草薙法眼殿も亡くなられてい
　その時、一計を思いついた。
郎と偽《いつわ》らせた。
　征四郎は草薙法眼に成りすまし、草薙の死を看取った最後にして優秀な弟子を清次
「あの者、鶴岡藩領の庄屋の息子だった。生真面目で村のために粉骨砕身しておった。
清次郎に成りすまして、宗里と対面し、意見具申せよ、と誘ってやったのだ。天運が
味方したと思ったのは、あの者の名も清次郎であったのだ。清次郎も定《さだめ》と感じ、わた
しの企てに乗った。但し、根は素朴な農民ゆえ、金を強奪するという真の目的は伏せ
ておいたがな」
　征四郎はせせら笑った。
「そこまで堕《お》ちたとはな……」
　左膳は胸が塞《ふさ》がれた。
「話は終わった、勝負だ」
　征四郎は大刀を抜いた。
　左膳も応じ、大刀を下段に構えた。

風が強くなった。

と、やおら征四郎は走り出した。

「来栖天心流には付き合わぬ」

征四郎の声が竹林に響いた。狭い竹林内ではなく、外で戦おうというのだ。

兵部と互角に刃を交わした征四郎の剛剣を思えば、不利は否めないが、今、ここで雌雄《しゆう》を決しなければならないと、左膳も竹林を走り抜けた。

畦道に立ち、征四郎は大刀を大上段に構えていた。

左膳は普段の下段ではなく、正眼に構える。

湿り気を帯びた風が二人を包み込む。空は暗くなり、遠くで雷鳴が聞こえた。

征四郎が間合いを詰めて来た。

「とお！」

征四郎の刀が振り下ろされた。風圧が左膳の顔面に吹きつけるや、さっと右に避ける。間髪容れず征四郎は左膳の胴めがけて斬撃を加えた。

かろうじて左膳は大刀で征四郎の刃を受けた。

鋭い金属音が響き、青白い火花が飛び散る。

が、征四郎の剛剣はすさまじく左膳はよろめいた。

征四郎はにやりとした。征四郎の剣に付き合ってどうする。
迷うな！
左膳は己を叱咤《しった》した。
竹林の中だろうが外だろうが自分の剣を変えてはならない。剣は武士の生き様だ。
剛直一本突き、かわされたが気にするな。
「来栖天心流、剛直一本突き！」
裂帛の気合いと共に、左膳は大刀を突き出した。
征四郎は見切ったようにかわす。
それでも突く。
ひたすらに突きを繰り返す。大刀の動きは鈍らず、目にも止まらない早業《はやわざ》だ。
征四郎は攻撃に転じられない。
ただただ避け続け、畦道の端に追い詰められる。
と、長助が傘を開いて頭上高く放り投げた。
曇天に紅《くれない》の花が咲いた。
一瞬、征四郎の目が傘に向いた。
間髪容れず、左膳は渾身《こんしん》の力で大刀を突き出した。

白刃は征四郎の喉笛を貫いた。

次の瞬間、左膳は素早く大刀を引く。

征四郎は首から血潮を飛び散らせ、田圃に落ちた。

そこへ、傘が舞い落ちる。左膳は柄を掴み、傘で血潮を防いだ。

雷光が走り、雨が降り出した。

傘に付いた血を雨が洗い流してゆく。田圃に横臥《おうが》した征四郎の亡骸《なきがら》に無常の雨が降り込めた。

左膳は雨で白く煙る花膳を見やった。


左膳が花膳に向かってから兵部が長助の横に立った。

「来んさったかね……」

長助が語りかけると、

「父とおまえが出て行く様子を見て、ただ事ではないと思ってな……やはり羽黒仙人は……征四郎殿であったか。手合わせをした時、もしやとは思ったが」

「旦那さまとの勝負で助勢しませなんだな」

責めるような口調で長助は言った。

「征四郎の技量はわかっておる。父には勝てぬとおれは見切っていた。そうは言っても万が一の時は助勢するつもりだった。父は助太刀無用と拒むだろうがな」

兵部は羽織を脱ぎ雨に降り込められる征四郎の亡骸にかけ、両手を合わせた。

花膳にやって来た。

離れ座敷に顔を出すと、宗里がうなだれていた。白雲斎もいる。白雲斎が上臈御年寄の飛鳥小路は花膳に立ち寄らなかったと言った。

左膳は草薙法眼、すなわち羽州風来組を成敗《せいばい》した経緯を報告した。

白雲斎はでかした、と左膳の働きを誉め、

「秋月には腹を切らせる」

と言って、宗里を見た。

宗里は黙ってうなずいた。

「飛鳥小路殿には当家の台所は楽ではない、と文を送っておいた」

その文により、飛鳥小路は宗里の招きに応じなかったようだ。白雲斎は続けた。

「それからな、印旛沼干拓、普請の困難さが取り沙汰され、延期になったそうじゃ」

「それは、ようございました」

返してから左膳は宗里に視線を向けた。思惑が外れ、信頼していた秋月陣十郎が獅《し》子身中《しんちゅう》の虫とわかった衝撃で、宗里は打ちひしがれている。

　そんな宗里に追い打ちをかけるように白雲斎は言った。

「持参した三千両、中屋敷に引き取るぞ」

　最早《もはや》、宗里に抗う気力はないようだ。

　白雲斎はうなずいてから、

「さて、清次郎じゃが、いかがするかのう」

「清次郎は町田征四郎に利用されたに過ぎませぬ」

　強い口調で左膳は言い、寛大な処置を宗里と白雲斎に求めた。

　宗里は顔を上げ、白雲斎と左膳を交互に見て語り出した。

「あの者の意見書、中々のものじゃった。じゃが、わしは江戸藩邸の内情、使途不明金に言及されていたため、つい激高《げきこう》してしまった。左膳が漏らした、左膳と結託《けったく》しておると勘繰ったからな。漏らしたのは秋月であっただろう。秋月から町田が聞き、町田が清次郎に伝えたに違いない。真相が明らかとなり、あのような意見書を書ける者を処罰などできぬ。むしろ、当家には必要じゃ。信じておった秋月に裏切られ、わしも己が目の不確かさを思い知ったからな。外にばかり目を向け肝心の御家の中を、国許を見ておらなかった。それゆえ清次郎を国許の郡方の役人に取り立てようと思う……いかがでございましょう、父上」

意外な宗里の提案に白雲斎は笑みを深めた。左膳もうれしくなった。

「反対するはずがなかろう。のう、左膳」

白雲斎に問われ、

「ご英断《えいだん》と存じます」

左膳は頭を下げた。

宗里は笑みを浮かべ、

「左膳、初めて考えが一致したのう……どうじゃ、頭を下げ許しを請えば、帰参させてやってもよいぞ。秋月は切腹、江戸家老の席が空くぞ」

左膳は宗里を見返し、

「ありがたきお誘いなれど、ご辞退申し上げます。罷免された家老の意地、どうかおわかりください」

と、両手をついた。

宗里はむっとして左膳を睨んだが、やがて苦笑を浮かべ、

「好きにせい」

と返してから、白雲斎を会食に誘った。左膳にも声がかかったが、

「親子水入らずでお語りください」

と、遠慮した。

夕暮れ時、小春に顔を出した。

幸いにも雨は上がっている。傘を畳み、戸口に立てかけてから店内を覗いた。

誰もいない。

「早かったか」

左膳が声をかけると、

「ちょっと、ご近所のお稲荷さんまでお参りに行こうと思っていたんですけど……」

春代は言った。

「お参りすればよい。待っておる」

左膳は店に入ろうとした。

「来栖さまも御一緒にいかがですか」

春代に誘われ、「そうだな」と左膳は外に出た。

「まあ……」

春代は夕空を見上げた。

目にも鮮やかな虹が架かっている。

「美しいのう」

左膳も感嘆《かんたん》の声を上げた。

照る日もあれば降る日もある。止まない雨はないし、明けない夜もない。

やおら、春代が左膳を見た。

「あら、うれしい」

「……何がうれしいのだ」

戸惑って問い返すと、

「わたしを美しいとおっしゃってくださったのかと思ったのです」

春代は口を尖らせた。

「あ、いや、そなたも……」

きれいだと内心で言った。

ふふっと笑った春代は、

「冗談ですよ。来栖さまから褒められるなんて思っておりませぬ。料理も美味いとおっしゃってくださらないのですから」

「褒めたいのだが、具合のいい言葉が出てこないのだ。実際、おからは美味い。大したものだ。あんな美味いおからは他所《よそ》では食べられぬ。江戸一、いや、天下一のおからだ。頬が落ちる……赤子も黙る……あ、いや、これは違うか」

額に汗を滲ませ、左膳は賛辞を並べ立てた。春代は真顔になり、

「わたしは……」

と、黒目がちの目を潤ませた。

「そなたは……」

頭の中を、「きれいだ」の一言が渦巻いたが、それを口には出せない。

すると、

「女将、脂の乗った鰹《かつお》、入っているか」

と、商人風の客がやって来た。

春代は笑顔を弾《はじ》けさせ、入っていると告げ、稲荷参拝をやめて店に戻ろうとした。

店の前でたたずむ左膳に、

「来栖さま、美味しいおからを召し上がってください」

と、声をかけた。

左膳は虹を一瞥《いちべつ》してから小春に入った。

時代小説
二見時代小説文庫

罷免家老《ひめんかろう》　世直《よなお》し帖《ちょう》 1　傘張《かさは》り剣客《けんかく》

二〇二一年　八月二十五日　初版発行

著者　瓜生颯太《うりゅうそうた》

発行所　株式会社 二見書房
〒一〇一-八四〇五
東京都千代田区神田三崎町二-一八-一一
電話　〇三-三五一五-二三一一［営業］
　　　〇三-三五一五-二三一三［編集］
振替　〇〇一七〇-四-二六三九

印刷　株式会社 堀内印刷所
製本　株式会社 村上製本所

ISBN978-4-576-21120-6
https://www.futami.co.jp/

藤 水名子

古来稀なる大目付 シリーズ

① 古来稀《まれ》なる大目付 まむしの末裔
② 偽りの貌
③ たわけ大名

「大目付になれ」――将軍吉宗の突然の下命に、一瞬声を失う松波三郎兵衛正春だった。蝮《まむし》と綽名された戦国の梟雄・斎藤道三の末裔といわれるが、見た目は若くもすでに古稀を過ぎた身である。しかも吉宗は本気で職務を全うしろと。「悪くはないな」――冥土まであと何里の今、三郎兵衛が性根を据え最後の勤めとばかり、大名たちの不正に立ち向かっていく。痛快時代小説の開幕！

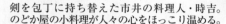

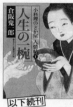